Bianca™

Abby Green
El poder del pasado

HARLEQUIN™

Editado por HARLEQUIN IBÉRICA, S.A.
Núñez de Balboa, 56
28001 Madrid

© 2014 Abby Green
© 2014 Harlequin Ibérica, S.A.
El poder del pasado, n.º 2335 - 10.9.14
Título original: When Da Silva Breaks the Rules
Publicada originalmente por Mills & Boon®, Ltd., Londres.

I.S.B.N.: 978-84-687-4492-6
Depósito legal: M-19722-2014
Editor responsable: Luis Pugni
Impresión en CPI (Barcelona)
Fecha impresion para Argentina: 9.3.15
Distribuidor exclusivo para España: LOGISTA
Distribuidor para México: CODIPLYRSA
Distribuidores para Argentina: interior, BERTRAN, S.A.C. Vélez
Sársfield, 1950. Cap. Fed./ Buenos Aires y Gran Buenos Aires,
VACCARO SÁNCHEZ y Cía, S.A.

Prólogo

CÉSAR da Silva no quería admitir que aquel lugar lo había afectado más de lo que esperaba, pero nada más acercarse a la tumba se le había formado un nudo en el estómago. Una vez más se preguntó por qué había ido hasta allí, y agarró con fuerza la pequeña bolsa de terciopelo que llevaba en la mano. Casi se había olvidado de ella.

Sonrió cínicamente. ¿Quién se habría imaginado que a los treinta y siete años iba a comportarse de una forma impulsiva? Habitualmente era el rey de la lógica y el razonamiento.

La gente comenzó a alejarse de la tumba. Las lápidas estaban distribuidas a través del césped del cementerio, situado en una de las colinas de Atenas.

Finalmente, solo quedaron dos hombres junto a la tumba. Ambos eran igual de altos y con el cabello oscuro. Uno lo tenía ligeramente más corto y más oscuro que el otro. Los dos eran corpulentos, igual que César.

No era extraño que tuvieran tantos parecidos. César era su hermanastro. Y ellos no sabían que él existía. Se llamaban Rafaele Falcone y Alexio Christakos. Todos eran hijos de la misma madre, pero de distintos padres.

César esperaba que lo invadiera la rabia al ver que

era cierto lo que siempre le habían negado, sin embargo, experimentó un fuerte vacío. Los hombres avanzaban hacia él hablando en voz baja. César oyó que su hermanastro más joven decía:

—¿Ni siquiera has podido asearte para el entierro?

Falcone contestó con una media sonrisa y Christakos sonrió también.

La sensación de vacío remitió y César sintió rabia, pero era una rabia diferente. Aquellos hombres estaban bromeando a poca distancia de la tumba de su madre. Y ¿desde cuándo César sentía que debía proteger a la mujer que le había enseñado que no se podía confiar en nadie cuando tan solo tenía tres años?

Perplejo por sus propios pensamientos, César dio un paso adelante. Falcone levantó la vista y dejó de sonreír. En un principio, lo miró de forma inquisitiva, pero al ver que César lo fulminaba con la mirada, la suya se volvió heladora.

Al mirar al hombre que estaba junto a Falcone, César se percató de que también ellos habían heredado los bonitos ojos verdes de su madre.

—¿Puedo ayudarlo? —le preguntó Falcone.

César los miró una vez más antes de mirar la tumba abierta desde la distancia.

—¿Hay más como nosotros? —preguntó en tono burlón.

Falcone miró a Christakos y dijo:

—¿Como nosotros? ¿A qué se refiere?

—No lo recuerdas, ¿verdad?

No obstante, al ver la expresión de asombro de su hermanastro supo que sí lo recordaba. Y no le gustó la manera en que se tensó por dentro.

—Ella te llevó a mi casa. Tenías unos tres años. Yo casi siete. Ella quería que me fuera con vosotros, pero yo no quise marcharme. No, después de que me abandonara.

—¿Quién eres? —preguntó Falcone.

César esbozó una sonrisa.

—Soy tu hermano mayor. Tu hermanastro. Me llamo César da Silva. He venido a presentar mis respetos a la mujer que me dio la vida... no porque lo mereciera. Sentía curiosidad por ver si había alguien más salido del mismo molde, pero parece que solo estamos nosotros.

—¿Qué diablos es...? —replicó Christakos.

César lo fulminó con la mirada. Sentía cierto remordimiento de conciencia por darles una noticia como esa en un día tan señalado, pero el recuerdo de la soledad que había sentido durante todos esos años y el hecho de saber que aquellos dos hombres no habían sido abandonados, era muy doloroso.

Falcone gesticuló hacia su hermanastro.

—Este es Alexio Christakos... nuestro hermano pequeño.

César sabía perfectamente quiénes eran. Siempre lo había sabido. Sus abuelos se habían asegurado de que él supiera cada detalle de sus vidas.

—Tres hermanos de tres padres distintos... sin embargo, ella no os abandonó.

Dio un paso adelante y Alexio lo imitó. Los dos hombres estaban muy tensos y sus rostros casi se rozaban.

—No he venido aquí para pelearme contigo, hermano —dijo César—. No tengo nada contra vosotros.

–Solo contra nuestra difunta madre, si lo que dices es cierto.

César sonrió con amargura.

–Sí, es cierto... ¡Qué lástima! –César rodeó a Alexio y se dirigió a la tumba.

Se sacó la bolsita de terciopelo del bolsillo y la tiró al hoyo, donde golpeó sobre el ataúd. La bolsita contenía un medallón de plata muy antiguo que representaba la imagen de San Pedro Regalado, el santo patrón de los toreros.

El recuerdo permanecía vívido en su memoria. Su madre vestía un traje negro y llevaba el cabello recogido hacia atrás. Estaba más guapa que nunca y tenía los ojos colorados de llorar. Se quitó el medallón que llevaba colgado y se lo entregó a él, colgándoselo del cuello y ocultándolo bajo su camisa.

–Él te protegerá, César. Porque en estos momentos yo no puedo hacerlo. No te lo quites nunca. Y te prometo que pronto vendré a buscarte –le había dicho después.

Incumplió su promesa y no regresó hasta mucho tiempo después. Y, cuando por fin lo hizo, era demasiado tarde. Él había perdido la esperanza.

César se había quitado el medallón la noche que perdió la esperanza de que su madre regresara. Solo tenía seis años, pero ya había aprendido que nada podría protegerlo, excepto él mismo. Ella merecía recuperar el medallón. Y él no lo había necesitado desde hacía mucho tiempo.

Al cabo de un momento, César se volvió y regresó junto a sus hermanastros, quienes lo miraban con una expresión indescifrable. De haber sido capaz, César habría sonreído al reconocer aquel gesto familiar. De pronto, sintió un intenso dolor en la zona del pecho donde solía encontrarse el corazón, pero como bien sabía y como le habían recordado en numerosas ocasiones sus amantes, él no tenía corazón.

Después de un tenso silencio, César supo que no tenía nada más que decirles a aquellos hombres. Eran unos desconocidos. Y ni siquiera seguía envidiándolos. Se sentía vacío.

Se metió en el coche y le pidió al chófer que arrancara. Aquello había terminado. Se había despedido de su madre, que era mucho más de lo que ella se merecía. Además, si todavía tenía intacto algún pedazo de su alma, quizá pudiera salvarlo.

Capítulo 1

Castillo Da Silva, cerca de Salamanca

César estaba acalorado, sudado, mugriento y tremendamente disgustado. Lo único que deseaba era darse una ducha fría y tomarse una copa. El paseo que se había dado alrededor de su finca montando a su semental favorito no había servido para disipar la nube negra que lo atormentaba desde su regreso, esa misma tarde, de la boda de su hermanastro Alexio en París. Todavía estaba afectado por las escenas de felicidad extrema que había presenciado.

También lo irritaba el hecho de haber cedido ante el impulso de asistir.

Al acercarse a los establos y pensar que su privacidad iba a verse afectada, su humor empeoró. Después del fin de semana comenzaría el rodaje de una película en su finca, y duraría cuatro semanas. Y por si fuera poco, el director, los protagonistas y los productores iban a alojarse en el castillo.

Era consciente de la complicada relación que mantenía con aquel lugar. Unas veces prisión, otras refugio. Lo que estaba claro era que César odiaba que su intimidad se viera invadida de esa manera.

En la entrada había aparcados grandes camiones. La gente se movía de un lado a otro hablando por radiotransmisores y bajo una carpa estaban los vecinos del pueblo cercano que harían de figurantes, probándose el vestuario característico del siglo XIX.

Habían vaciado una de las caballerizas para utilizarla como base de operaciones, el lugar en el que los actores se prepararían cada día y donde comerían los miembros del equipo. Eso era lo que le había explicado a César el ayudante de producción. ¡Como si a él le fuera a interesar!

No obstante, él había fingido interés para no desairar a su amigo Juan Cortez, el alcalde de la cercana Villaporto. Eran amigos desde los diez años, cuando ambos tuvieron que admitir su derrota durante una pelea para no tener que seguir peleándose hasta el amanecer. Y lo habrían hecho, puesto que ambos eran igual de tercos.

—Casi todos los habitantes han sido contratados para algo: alojamiento, hostelería... incluso mi madre está cosiendo la ropa para los figurantes. Hacía años que no la veía tan entusiasmada —había comentado su amigo.

César reconocía que la película suponía una inyección económica para el pueblo. En la prensa era conocido por ser despiadado en sus relaciones de negocios y en las personales, pero César no era completamente insensible, sobre todo si concernía a su comunidad. Aun así, tenía previsto reorganizar su agenda para estar ausente el máximo tiempo posible durante las cuatro semanas siguientes.

Al regresar a su establo privado y ver que estaba vacío, se sintió aliviado. No estaba de humor para hablar con nadie, ni siquiera con el mozo de cuadra.

Después de duchar al caballo, César lo metió en su compartimento y cerró la puerta.

Cuando se disponía a marcharse percibió un movimiento y se volvió para mirar.

De pronto, sintió que le costaba respirar y pensar.

En la esquina opuesta del establo había una mujer de pie. César se sintió ligeramente mareado y se preguntó si no sería una aparición.

Iba vestida con un corsé blanco muy ajustado en la cintura que marcaba sus senos redondeados. También llevaba una falda larga y voluminosa que resaltaba la curva de sus caderas femeninas. Tenía la melena rubia y ondulada, y el cabello caía sobre su espalda dejando su rostro despejado.

Era despampanante. Bellísima. No podía ser real. Nadie podía ser tan perfecto.

Casi sin darse cuenta, César se acercó a ella. La mujer no se movió. Simplemente, lo miró. Parecía que al verlo también se había quedado paralizada.

Sus ojos eran grandes y de color azul. Su mirada, penetrante. Era una mujer menuda, y provocaba en él un extraño instinto de protección.

Su rostro era pequeño y ovalado, con pómulos altos y nariz recta. Sus labios carnosos parecían hechos para pecar. Y su tez era del color del alabastro.

Tenía un bello lunar sobre el labio superior y muchísimo atractivo sexual. No podía ser real. Sin embargo, había provocado que César se excitara al verla.

César estiró el brazo para acariciarla, como si quisiera comprobar que no se había vuelto loco. Acercó la mano a su mejilla, con miedo de que pudiera desaparecer si la tocaba. Finalmente, la acarició y ella no desapareció. Era real. Y su piel era suave como la seda.

—Dios —dijo él al fijarse en que ella respiraba de manera acelerada—. Eres real.

—Yo... —dijo ella, y se calló.

César observó sus pequeños dientes blancos y su lengua rosada. Al oír su voz, César sintió que un fuerte deseo lo invadía por dentro.

Le acarició el mentón y llevó la mano hacia su nuca, atrayéndola hacia sí. Tras dudar un instante, ella se acercó. Al sentir el roce de su cuerpo contra el suyo, César no pudo contenerse y la besó en la boca. De pronto, la dulzura y voluptuosidad de sus labios provocó en él un ardiente deseo que superaba a todo lo que había experimentado previamente.

Cuando ella lo agarró por la camisa y separó los labios, César introdujo la lengua en su boca y la abrazó por la cintura.

A pesar de la dulzura del primer momento, el beso se convirtió en apasionado y, cuando ella empezó a juguetear con la lengua, César no pudo evitar que su miembro se pusiera erecto.

Notó que ella respiraba deprisa y se fijó en que su pecho se movía con cada respiración. Incapaz de contenerse, César levantó la mano y la colocó entre sus cuerpos para acariciarle la piel del escote.

Al rozar la curva de uno de sus pechos, su cuerpo reaccionó de tal manera que César se asombró. Se separó de la joven un instante y apoyó la frente sobre la de ella, abrumado por la intensidad de su deseo.

—Por favor... —susurró ella.

César anhelaba poseerla en ese mismo instante. Liberarse, levantarle la falda y penetrarla. Notar sus piernas alrededor del cuerpo.

En cierta manera, César era consciente de que se estaba dejando llevar por un instinto animal que lo impulsaba a saciar su deseo, pero eso no podía detenerlo. Y menos después de que ella se lo hubiera suplicado.

La besó apasionadamente y ella separó los labios y lo besó también.

Mientras le levantaba la falda casi con desesperación, César se sobresaltó al ver que durante un instante un rayo de luz iluminaba el mundo e interrumpía aquel momento embriagador.

Separó su boca de la de ella y levantó la cabeza para ver dos inmensos ojos azules rodeados por negras pestañas.

De pronto oyó un sonido y poco a poco regresó a la realidad. Tuvo que esforzarse para volver la cabeza y apartar la mirada de aquel rostro. De aquellos ojos.

En la puerta de la caballeriza vio a un hombre sujetando una cámara junto al rostro. Se sintió como si le hubieran echado un cubo de agua fría.

César se incorporó y ocultó a la mujer detrás de su cuerpo antes de gritarle al hombre que los fotografiaba:

—¡Lárgate de aquí ahora mismo! —uno de los mozos apareció en la puerta y César le gritó—: Avisa a los de seguridad... ¡y consigue esa cámara!

Sin embargo, el fotógrafo había desaparecido y, aunque el mozo de cuadra salió detrás de él, César se quedó con la sensación de que era demasiado tarde. Él mismo había reaccionado tarde.

Al oír que la chica respiraba de forma acelerada, se volvió.

Y al ver aquellos ojos azules otra vez estuvo a punto de sucumbir una vez más al hechizo.

No obstante, era consciente de la realidad. Aquella mujer no era un fantasma ni una aparición. Era de carne y hueso y había hecho que él perdiera el control por completo. ¿Se había vuelto loco?

—¿Quién diablos eres? —preguntó César en tono acusador.

Lexie Anderson se quedó desconcertada al oír su pregunta. ¿Qué diablos había pasado?

Recordaba que se había alejado de las pruebas de rodaje mientras estaban montando los focos y había entrado en las caballerizas. Le encantaban los caballos, así que había decidido ir a investigar.

Poco después, un hombre había aparecido en el patio montando un semental negro. Se había bajado del caballo y, desde ese momento, Lexie se sintió confusa.

Se había quedado fascinada por su físico y por cómo la ropa de montar marcaba su musculatura. Y eso había sido antes de verle el rostro.

Era muy atractivo. Poderoso. Tenía el cabello rubio y alborotado y una boca sensual rodeada por la barba incipiente que cubría su mentón.

No obstante, habían sido sus ojos los que la habían dejado sin habla. Eran de color verde intenso y resaltaban sobre su piel aceitunada. Inquietantes. Cautivadores.

Y desprendía un aroma masculino. Una mezcla de sudor, almizcle y algo silvestre.

Lexie negó con la cabeza como si así pudiera conseguir que todo aquello desapareciera. Quizá era un sueño, porque lo que acababa de sucederle no tenía precedente. Ella nunca se había dejado besar por un desconocido, ni tampoco había sentido que se moriría si dejaban de besarla.

Recordaba sus manos grandes alrededor de la cintura, y cómo le había levantado la falda provocando que deseara que la acariciara mientras un intenso calor se instalaba en su entrepierna.

Sin embargo, no era el momento de asimilar todo aquello.

—Yo... —se calló un instante—. Soy Lexie Anderson. Trabajo en la película.

Lexie se sonrojó al recordar cómo iba vestida y la sorpresa que se había llevado aquel hombre al verla. Cohibida, se cruzó de brazos un instante, pero se percató de que con el corsé empeoraba las cosas, sobre todo cuando él posó la mirada sobre su escote.

Sintiéndose acorralada, Lexie lo rodeó con piernas temblorosas.

Él se volvió para mirarla y cerró los puños a ambos lados del cuerpo.

—Eres Lexie Anderson... ¿la actriz principal?

Ella asintió.

Él la miró enfadado.

—¿Y cómo has entrado aquí?

—No he visto ninguna señal... Vi los caballos y...

—Está prohibido el paso. Debes marcharte...

La rabia se apoderó de Lexie. Acababa de comportarse de una manera inusual y lo último que necesitaba era escuchar su reprimenda.

–No sabía que no se podía entrar. Si me dices cómo regresar a la base, me marcharé encantada.

–Tuerce a la izquierda. Está al final del camino y a mano derecha.

Lexie se marchó, furiosa por haberse dejado llevar por el primer impulso sexual que había sentido en su vida, al ver a un desconocido que trabajaba en el castillo.

Oyó que el hombre blasfemaba y que le decía:

–Espera. Para.

Lexie se detuvo y se volvió hacia él.

César se acercó y ella dio un paso atrás.

–Era un paparazzi. Nos ha sacado una foto.

Ella se había olvidado. Su cerebro no funcionaba con normalidad y estaba un poco mareada. El hombre debió de pensar que estaba a punto de desmayarse o algo así, porque la agarró del brazo y la acompañó hasta un montón de heno que había en la entrada para que se sentara.

Ella se soltó y lo miró.

–No hace falta que me ayudes. Estoy bien.

En ese momento entró corriendo el mozo de cuadra.

–¿Y bien? –inquirió César con brusquedad.

Lexie deseaba ponerse en pie y decirle que se metiera con alguien de su tamaño, pero las piernas no le respondían.

–Señor Da Silva...

El mozo comenzó a hablar en español y Lexie observó boquiabierta que, después de que el hombre alto le contestara, el mozo se volvió y se marchó corriendo otra vez.

–¿Eres César da Silva? –preguntó Lexie asombrada.

–Sí.

Él no parecía entusiasmado con la idea de que lo hubiera descubierto. ¡Ella había pensado que era un empleado! No lo había reconocido porque se trataba de un hombre que intentaba mantener el anonimato. Y nunca se había imaginado que César da Silva fuese un hombre tan joven y atractivo.

Al pensar en que momentos antes había estado entre sus brazos suplicándole, se avergonzó de sí misma.

«Oh, cielos», pensó, y se puso en pie. Tenía que salir de allí.

–¿Dónde crees que vas?

Lexie lo miró con las manos en las caderas.

–Acabas de decirme que me vaya, ¿no? Pues me voy –se dirigió hacia la entrada.

–Espera.

Lexie se detuvo y suspiró antes de darse la vuelta.

–¿Y ahora qué? –preguntó arqueando una ceja.

–El fotógrafo se ha marchado. Mi empleado ha dicho que vio cómo se metía en un coche antes de que avisáramos al equipo de seguridad. Supongo que en estos momentos estará enviando nuestras fotos a numerosas agencias de todo el mundo.

Lexie sintió náuseas al pensar que volvería a ser noticia en los periódicos. Y aparecería con César da Silva, uno de los millonarios más huraños del mundo. La noticia causaría furor y era lo último que ella necesitaba.

Se mordió el labio inferior y dijo:

–No es nada bueno.

–No –admitió Da Silva–. No me apetece ser el centro de una noticia sensacionalista.

–A mí tampoco –contestó ella, señalándolo con el dedo–. Y me besaste tú.

–No me lo impediste –replicó él–. De todos modos, ¿qué estabas haciendo aquí?

Lexie resopló. No, no se lo había impedido. Al contrario, se había dejado llevar por una pasión desatada.

–Ya te lo he dicho. Vi los establos y entré para ver los caballos... Estábamos haciendo las pruebas de vestuario y mientras colocaban los focos... –de pronto, se sobresaltó–. ¡Las pruebas de rodaje! Tengo que regresar... estarán buscándome.

Cuando se disponía a marcharse, César la agarró del brazo. Ella se volvió y, al ver que los ojos verdes de César resplandecían como una piedra preciosa y sentir el calor que desprendía su cuerpo sobre el brazo, apretó los dientes.

–Esto no ha terminado...

En ese momento apareció una ayudante de producción.

–Lexie, ¡estás aquí! Te hemos buscado por todas partes. Está todo preparado para grabar.

Lexie se liberó de César y se alegró de que los hubieran interrumpido. Necesitaba escapar de su presencia para intentar asimilar lo que había sucedido.

Lexie siguió a la ayudante de producción y oyó que decía por el walkie-talkie:

–La he encontrado. Vamos para allá...

La cabeza le daba vueltas. Se sentía como si toda su vida hubiese cambiado de forma sustancial.

Había permitido que ese desconocido la besara, sin dudarlo un instante. Y no solo que la besara... que la devorara. Y ella también lo había besado.

Aún podía sentir la oleada de deseo recorriendo su cuerpo. Era imposible ignorarla.

Era una locura, pero se había sentido protegida cuando él se había colocado delante de ella al ver al paparazzi. Lexie no estaba acostumbrada a sentirse vulnerable o a necesitar protección. Llevaba tanto tiempo valiéndose por sí misma que no solían pillarla desprevenida.

«El fotógrafo», pensó, y sintió náuseas otra vez.

El recuerdo de los titulares sensacionalistas y las fotos invadió su mente, pero antes de obsesionarse con él ya habían entrado en la zona de rodaje y todo el mundo se volvió para mirarla.

El cámara la llamó con un gesto:

—Lexie, colócate en tu puesto, por favor.

César paseaba de un lado a otro en su despacho, detrás de su escritorio. Aunque pareciera imposible, su humor había empeorado todavía más. Tenía abierta una carpeta sobre el escritorio y había recortes de periódicos y fotos esparcidas por encima.

Era un informe sobre Lexie Anderson. Y no era nada agradable.

Uno de los ayudantes de producción le había llevado los informes de cada uno de los participantes en la película, tanto por motivos de seguridad como para que conociera a los miembros del equipo y del reparto. Hasta ese día, César ni siquiera los había mirado porque no le habían interesado.

Básicamente, los informes contenían el currículum de cada uno de ellos. Excepto el de Lexie. El suyo también contenía información sobre el trabajo que había hecho en televisión y en películas de cine independiente, antes de lanzarse al estrellato gracias a las películas de acción, y numerosos recortes de periódicos y revistas.

Había fotos de ella que se habían publicado hacía unos años en una revista juvenil. Aparecía vestida únicamente con unas medias largas, ropa interior y una chaqueta de punto abierta lo justo para mostrar la curva de sus senos y la sensual curva de su cintura. Llevaba el cabello suelto y la melena le caía sobre los hombros.

César no encontraba excitantes ese tipo de fotografías, sin embargo su cuerpo reaccionó nada más verla como si fuera el de un adolescente.

César maldijo, agarró la foto y la tiró a un lado. La foto cayó al suelo. Ella era actriz. Ese era su trabajo.

Las fotos más recientes eran mucho peores. Igual que los titulares: *Lexie la seductora... ¡especialista en romper matrimonios!*

Los periódicos anunciaban que había tenido una aventura con un actor y que este había abandonado a su mujer y a sus hijos por culpa de ella. Sin embargo, Lexie y el actor no habían continuado con la relación. Según la noticia, una vez que el actor abandonó a su esposa, Lexie dejó de estar interesada en él.

A César nunca le había importado lo que hiciera una actriz en su tiempo libre, ni con quién, pero un rato antes había besado a aquella mujer en un momento de locura extrema.

La huella del roce de aquel cuerpo menudo contra el suyo todavía estaba grabada en su memoria. Ninguna mujer lo había atraído tanto como para hacer que perdiera el control de esa manera. Había estado a punto de acorralarla contra la pared y poseerla, y lo habría hecho si el paparazi no los hubiera interrumpido.

César maldijo. Y, cuando sonó su teléfono, contestó con tono cortante.

Era su abogado.

–César, tengo que darte una noticia y no te va a gustar. Esta mañana te han fotografiado durante la boda de Alexio Christakos en París.

–¿Y? –preguntó César, con la cabeza llena de imágenes ardientes de Lexie Anderson.

Su abogado, que llamaba desde Madrid, suspiró con fuerza.

–Al parecer, el reportero ha decidido investigar si hay alguna relación entre Christakos y tú y ha averiguado que la difunta Esperanza Christakos estuvo casada durante un corto espacio de tiempo con Joaquín da Silva, años antes de que se convirtiera en una modelo famosa.

–¿Cómo lo han descubierto?

–César, quién era tu madre no es ningún secreto –comentó el abogado–. Simplemente nunca lo han relacionado con...

César lo sabía. Su madre se había marchado hacía tanto tiempo que nadie se había dedicado a investigar. A la gente solo le importaba que él perteneciera a la dinastía de los Da Silva.

Hasta entonces.

César le indicó a su abogado que siguiera de cerca las noticias que aparecieran en los medios de comunicación y colgó el teléfono.

Los medios de comunicación comenzarían a investigar su vida. Era el hermanastro desconocido de dos de los empresarios más famosos del mundo, así que se empezaría a especular acerca de por qué nadie los había relacionado antes.

César no estaba preparado para que los periodistas se entrometieran en una parte de su vida que siempre había conseguido mantener oculta.

La única vez que había salido a la luz la realidad acerca de sus hermanos había sido para provocarlo. Para contar que él no había sido el elegido. Que no era capaz de confiar en nadie. Y por mucho que odiara admitirlo, la herida todavía estaba abierta. Solo tenía que pensar en cómo se había sentido ese mismo día al presenciar de cerca una relación de amor y felicidad. La vida les había enseñado a sus hermanos que se podía confiar en los demás. Que las madres no abandonaban a sus hijos.

César se maldijo por haber ido a la boda de Christakos.

Su privacidad ya estaba siendo invadida debido al rodaje de la película que estaban haciendo en su finca. Y después aquello.

De pronto, posó la mirada en otra fotografía de Lexie y sintió que empezaba a tener un fuerte dolor de cabeza. Temía que la vida discreta que había tenido hasta entonces estuviera a punto de escapar de su control, a menos que tomara las medidas necesarias.

Capítulo 2

SEÑORITA Anderson? El señor Da Silva quiere verla en su despacho, ¿podría dedicarle unos minutos?

Lexie sabía que no era una pregunta. Era una orden. Hasta un par de horas antes él había sido un extraño para ella, del que únicamente conocía su nombre y su reputación, sin embargo, en esos momentos tenía su imagen grabada en el cerebro. Y su sabor...

Tratando de ocultar su reacción, Lexie se encogió de hombros y dijo:

–Por supuesto.

Siguió a aquella mujer por un largo pasillo. Acababa de llegar al castillo después de las pruebas de rodaje y ya se había cambiado de ropa. Iba vestida con unos pantalones vaqueros desgastados, unas zapatillas de deporte y una camiseta de manga larga de color rosa que, de repente, le parecía demasiado apretada. Le habían limpiado el maquillaje y llevaba el cabello suelto.

Lexie no había tenido mucho tiempo para recorrer el castillo, puesto que había estado ocupada desde su llegada. Era enorme y daba la sensación de ser también opresivo y sombrío. «No como su dueño», pensó esbozando una tensa sonrisa.

El ama de llaves le había mostrado su dormitorio. Era una habitación decorada en color rojo y dorado, con muebles antiguos y una cama con dosel. Aunque no era su estilo, admitía que la estaba ayudando a meterse en el papel que desempeñaba en la película. Representaba a una cortesana del siglo XIX que trataba de decidirse entre dejar su profesión por el bien de su hijo ilegítimo o quedarse junto a un amante villano que no quería que se marchara de su lado.

Era una tragedia y el director era famoso, así que la película era muy importante para ella. No solo por motivos profesionales y económicos. Lexie había aceptado el papel por una escena en concreto, consciente de que al representarla provocaría su propia catarsis. Sin embargo, no quería pensar en ello en esos momentos.

Después de una serie de películas de acción, insulsas pero económicamente rentables, Lexie tenía la oportunidad de recordarle al público en general que sabía actuar y, con suerte, cambiaría la imagen que los periódicos habían creado de ella.

La mujer se detuvo frente a una puerta y llamó con la mano. Lexie notó que se le aceleraba el corazón y se le secaba la boca.

–¿Sí? –contestaron desde el interior, y la mujer abrió la puerta.

César da Silva estaba de pie esperándolas junto a la entrada. La mujer desapareció al momento. Él se había cambiado de ropa. A pesar de que se había duchado, Lexie pudo reconocer su aroma masculino. Llevaba unos pantalones oscuros y una camisa blanca que contrastaba con su piel aceitunada. Él dio un paso atrás y estiró el brazo de forma que se le marcó la musculatura del pecho. Al verlo, Lexie notó que se le humedecía la entrepierna.

–Entra.

Lexie enderezó los hombros y entró en el despacho. La habitación era ovalada y tenía el suelo de parqué. En la entrada había un recibidor que parecía una biblioteca, con las paredes llenas de libros.

–Por favor, siéntate.

Da Silva se colocó detrás del escritorio y apoyó las manos sobre la superficie, sin disimular su tensión. El escritorio era muy grande y en él había toda clase de ordenadores y teléfonos.

Era asombroso pensar que dos horas antes se habían besado apasionadamente y que ella ni siquiera había sabido quién era.

Ella comenzó a hablar con nerviosismo.

–Señor Da Silva...

–Creo que ya hemos ido más allá de eso, ¿no crees? –preguntó él muy serio.

Durante un instante, Lexie se preguntó qué aspecto tendría si sonriera. Si sonriera de verdad.

–Yo... bueno, sí –dijo ella. Se quitó el bolso que llevaba colgado al hombro y se lo colocó delante del cuerpo a modo de escudo. Tenía la sensación de que aquella no iba a ser una reunión corta.

Algo colorido llamó su atención y se percató de que en el suelo había una foto suya. Frunció el ceño y se agachó para recogerla. Al verla de cerca, se le formó un nudo en el estómago. Era de cuando tenía veintiún años y todavía era muy ingenua. Recordaba que se había muerto de vergüenza, sin embargo, aparentaba confianza en sí misma y despreocupación.

Sujetó la foto con dos dedos y miró a César. Él estaba impasible y Lexie no pudo evitar sentirse vulnerable al pensar en cómo le afectaba su atractivo. Hacía mucho tiempo que no permitía que nadie la hiciera sentir de esa manera.

Entonces, vio la carpeta abierta, recortes de periódico y fotos. No hizo falta que leyera los titulares para saber qué decían. *Lexie la seductora.*

Se quedó helada.

—¿Qué es esto?

—Tengo entendido que es el resumen de tu vida —contestó César.

Lexie lo miró y sintió que lo despreciaba. Apenas había intercambiado más de veinte frases con aquel hombre y, sin embargo, habían compartido voluntariamente un momento de intimidad, algo que no había hecho con ningún otro hombre.

Lexie se obligó a no pensar en ello y se enfadó al pensar en lo injusto que era que él se creyera todas las mentiras que se mostraban en los recortes de periódico que tenía delante.

—¿Se cree todo lo que publican los periódicos, señor Da Silva?

—Llámame César.

Lexie sonrió para tratar de ocultar su ira.

—Si me lo pide de ese modo... César.

—No me interesa lo suficiente como para pensar acerca de si es verdad o no. Tus sórdidas aventuras sexuales con hombres casados no podrían importarme menos.

Lexie se enfureció. Respiró hondo y contestó:

—Entonces, quizá serías tan amable de contarme de

qué querías hablar para que pueda continuar con mi sórdida vida.

César tuvo que contenerse para no sonreír. Ella lo había sorprendido al enfrentarse a él.

Y necesitó hacer un gran esfuerzo para no posar la mirada sobre sus pechos. O para no fijarse en cómo se le ajustaban los pantalones vaqueros al trasero.

Cuando entró en la habitación se fijó en sus piernas esbeltas y en la femenina curva de sus caderas. El cabello ondulado le caía sobre los hombros y resaltaba contra la madera oscura del despacho. «Contra la oscuridad del castillo», pensó él, recordando un sentimiento profundo y oscuro que hacía tiempo había encerrado en su interior. No le gustó.

Tampoco le gustó percatarse de que su lunar había desaparecido. La magia del maquillaje. Era ridículo que antes hubiera pensado que estaba viviendo un sueño. Que ella era una diosa salida de la mitología griega.

No obstante, estaba igual de atractiva vestida con ropa moderna que con el corsé y las enaguas. De hecho, después de haber descubierto la piel que ocultaba su ropa era casi peor.

Y él nunca se había comportado con esa brusquedad con ninguna otra mujer. Nada más verla, un instinto primitivo se había apoderado de él. Y ella ni siquiera era el tipo de mujer que solía parecerle atractiva.

–Mira –dijo él, pasándose la mano por el cabello–, quizá podamos empezar de nuevo. Siéntate.

–Estoy bien de pie –dijo ella con tensión–. Y, si me permites preguntártelo, ¿de dónde has sacado todos

esos recortes que hablan de los momentos más delica-
dos de mi vida? –su tono era frío como el acero y César tuvo que esforzarse para no hacer una mueca.

–Una persona ha recopilado información acerca de
los actores y de los miembros del equipo de la película
–se fijó en una foto en la que aparecía Lexie apoyada en
el capó de un coche con un gesto seductor. Al momento,
su cuerpo reaccionó y él trató de mantener el control–.
Al parecer, esa persona se tomó su trabajo muy a pecho.

Lexie se sonrojó y dio un paso adelante. Él no pudo
evitar fijarse en sus senos redondeados, disimulados
a través de la tela de la camiseta.

Al llegar junto al escritorio, Lexie apoyó las manos
en él y lo fulminó con la mirada.

Agarró la foto en la que salía junto al coche y dijo
en tono acusador:

–Esta es la foto de una chica ingenua que intentaba
abrirse camino en un sector laboral despiadado. Una
chica que no tenía la confianza en sí misma, ni la seguridad económica, como para hacer frente al acoso de
los agentes y los fotógrafos. Quizá quieras tenerlo en
cuenta la próxima vez que te resulte tan fácil juzgar a
alguien a quien besaste sin ni siquiera saber quién era.

Antes de que César pudiera contestar, ella ya había
recogido las fotos, los recortes y su currículum y los
había tirado a la papelera.

Se volvió con los brazos cruzados y preguntó:

–Bien, ¿de qué querías hablar?

Lexie odiaba que su cuerpo reaccionara de esa manera ante aquel hombre que ni siquiera se percataba
del enfado que provocaba en ella.

Era un hombre arrogante.

–Te debo una disculpa –dijo él.

Lexie pestañeó.

–Así es.

–No tenía derecho a juzgarte basándome en esas fotos.

–No, no tenías derecho –replicó Lexie, y se sonrojó al pensar en que hacía poco tiempo había hecho otra sesión de fotos parecida, pero para un fotógrafo mundialmente conocido–. Está bien –le dijo–, olvidémoslo.

Él suspiró y abrió el ordenador que tenía delante.

–Deberías ver esto.

Inquieta, Lexie rodeó el escritorio para ver la pantalla del ordenador. Al ver las imágenes sintió un nudo en el estómago.

Ambos aparecían en una postura que parecía de película X. Él tenía las manos metidas bajo la falda de Lexie y dejaba sus piernas al descubierto. Los pechos de ella quedaban aplastados contra su torso, y asomaban por el corsé como si estuvieran a punto de desbordarse. Además, se estaban besando apasionadamente y tenían los ojos cerrados. Lexie le agarraba la camisa con tanta fuerza que tenía los nudillos blancos. De pronto, así sin más, el deseo y la desesperación la invadieron de nuevo.

Lexie notó el calor que desprendía el cuerpo de César y tragó saliva. Era evidente que lo que había sucedido entre ellos los había consumido, pero no le servía de consuelo.

–¿Dónde se ha publicado? –preguntó ella, incapaz de apartar la mirada de la pantalla.

–En una conocida página web de cotilleos. Que llegue a los periódicos solo es cuestión de tiempo.

Lexie se separó del ordenador como si pudiera estallar y rodeó el escritorio, sintiéndose más segura teniendo el mueble entre ellos.

A César le brillaban los ojos. Su desprecio era palpable. Él se había disculpado y ella se había sorprendido de que lo hiciera, pero era evidente que desaprobaba por completo la situación.

–Ahí estábamos los dos –dijo ella a la defensiva.

–Soy consciente de ello, créeme.

–Entonces... –tragó saliva y preguntó–: ¿Y ahora qué?

César la miró durante un largo instante y se cruzó de brazos.

–Lo hemos controlado.

Lexie frunció el ceño.

–¿Qué quieres decir con «controlado»?

–No les vamos a dejar respirar. Vas a estar en el castillo durante las próximas cuatro semanas, si no tienen nada que contar se acabará la noticia.

–Exactamente, ¿de qué estás hablando?

–Estoy hablando de que no vas a salir de esta finca.

–¿Que yo no voy a salir de la finca? ¿Y tú?

–Por supuesto que tendré que salir. Tengo que atender mis negocios.

Lexie soltó una risita de pánico.

–¿Te imaginas cómo quedaría si después de que hayan publicado nuestra foto en todos los periódicos del mundo, apareces en público sin que yo te acompañe? Parecerá que me has rechazado y los periodistas volverán al ataque.

–Aquí estarás a salvo de los periodistas.

–¿De veras? –preguntó Lexie–. Ese paparazi consiguió entrar y supongo que hasta un ermitaño como tú ha oído hablar de los teléfonos con cámara.

Estaba tan enfadada que no se percató de que César había salido de detrás del escritorio.

–¿Quién va a impedir que algún miembro del equipo saque fotos de la pobre Lexie después de que la hayan dejado plantada? A la prensa le encantará documentar tus proezas mientras yo, la tonta a la que has rechazado, permanezco encerrada en el castillo –dijo mientras paseaba de un lado a otro.

Después, se detuvo un instante y, al percatarse de que César estaba demasiado cerca, dio un paso atrás.

Negó con la cabeza y continuó:

–De ninguna manera. No voy a permanecer encerrada en esta oscura fortaleza solo para facilitarte la vida. Tenía planeado visitar Lisboa, Salamanca... ¡Y Madrid!

Lexie tenía malos recuerdos de cuando estuvo prácticamente encerrada en otra ocasión, y no permitiría que volviera a sucederle nunca más, ni siquiera en una finca de lujo como aquella.

César la miró y, durante un instante, se dejó distraer por su belleza. Tenía las mejillas sonrojadas por la indignación, los ojos brillantes y sus pechos se movían con cada respiración.

Las palabras de Lexie resonaron en su cabeza. «No voy a permanecer encerrada en esta oscura fortaleza...». Él sabía muy bien a qué se refería. Y podía comprender por qué rechazaba la idea.

Se apoyó en el escritorio y cruzó los brazos para

evitar agarrarla y atraerla hacia sí. Estaban tan cerca que podía percibir su aroma, y casi sentir las provocativas curvas de su silueta contra su cuerpo.

Al sentir una erección, se maldijo en silencio.

—Entonces... ¿qué es lo que sugieres?

Lexie pestañeó y César se sorprendió al ver que todos sus pensamientos se reflejaban en sus grandes ojos y en su rostro expresivo. Estaba acostumbrado a las mujeres que hacían todo lo posible por parecer misteriosas.

Ella se mordió el labio inferior y fue incluso peor. César deseó mordisqueárselo.

—Que lo hagamos público.

—¿Qué? —preguntó él, mirándola a los ojos.

—Que lo hagamos público —repitió ella.

—¿Cómo?

—Pues que nos vean juntos. Que salgamos y que la gente crea que tenemos una aventura.

César se puso tenso al oír la propuesta. Él no hacía cosas en público, y menos con mujeres como Lexie, cuya vida había sido expuesta en los periódicos mediante fotografías y titulares sensacionalistas. De pronto, el nerviosismo se apoderó de él. Era probable que la noticia acerca de sus hermanastros saliera a la luz al día siguiente y el atrevido plan que le había propuesto Lexie...

—¿Y bien?

La pregunta de Lexie interrumpió su pensamiento. De algún modo, él sabía que la noticia acerca de su relación con ella sería mucho más llamativa e interesante que la de sus conexiones familiares. Esa quedaría relegada por otra noticia mucho más escandalosa: *«El millonario huraño se acuesta con Lexie la seductora, especialista en romper matrimonios».*

–Creo que tu idea tiene sus ventajas –dijo César.

Ella se cruzó de brazos y él no pudo evitar fijarse en cómo ascendían sus pechos. «Cielos», pensó él, deseando acariciarla.

–Me alegro porque creo que es la mejor solución. Y la más justa. Conozco bien cómo funciona la prensa y a veces uno tiene que jugar su juego en lugar de enfrentarse a ella.

Alzó la barbilla y César tuvo que contenerse para no acariciarle el mentón. De pronto, experimentó algo parecido a un instinto protector.

–La semana que viene tengo que asistir a un acto benéfico en Salamanca. Podemos ir juntos, pero tendremos que ser convincentes, Lexie.

–¿Convincentes?

César sonrió.

–Convincentes como amantes.

–Ah... sí, claro... Eso es evidente... Será fácil... Después de todo soy actriz.

De pronto, la mujer que parecía tan segura de sí misma momentos antes se mostró insegura. César estaba más intrigado de lo que le gustaba admitir.

–¿Y qué pasó antes, Lexie? ¿Estabas practicando tus conocimientos de interpretación con el primer mozo de cuadra que encontraste?

–No, no ha sido eso.

–Entonces, ¿qué fue?

Durante un segundo disfrutó al ver que ella tampoco sabía qué era lo que le había sucedido y la idea de que quedara fuera de su control provocó que algo saltara en su interior.

Se enderezó e hizo lo que había deseado hacer desde que ella entró en el despacho. Se acercó a ella y la tomó entre sus brazos. Nada más sentir el cuerpo de Lexie contra el suyo, se tranquilizó.

–¿Qué haces? –preguntó ella, apoyando las manos contra su torso.

César notó que su cuerpo reaccionaba de inmediato. Odiaba la sensación de no tener el control.

–Estoy comprobando lo buena que eres en esto de la improvisación.

Inclinó la cabeza y la besó, comprobando que sus labios eran tan suaves y firmes como los recordaba.

A Lexie le costaba respirar. La boca de César estaba ardiendo y él la abrazaba contra su cuerpo, aplastando sus senos contra su torso musculoso. Movió una de las manos y le sujetó la cabeza para besarla de nuevo. Comenzaron a mover las lenguas, para acariciarse y explorar el interior de sus bocas. Lexie deseaba rodearle el cuello con los brazos y restregar el cuerpo contra el de él para calmar el deseo que ardía en su interior.

Al notar su miembro erecto contra el vientre, se le humedeció la entrepierna.

Cuando César se separó de ella un instante, Lexie recordó sus palabras: «Estoy comprobando lo buena que eres en esto de la improvisación».

Lexie se apartó como si le hubieran echado un jarro de agua fría. Estaba temblando y respiraba de manera acelerada. César se hallaba apoyado en el borde del escritorio, tenía las mejillas ligeramente sonrojadas y los ojos brillantes.

–¿Y para qué sirve todo esto? –preguntó ella, esforzándose por hablar.

–Para demostrar que no nos costará fingir que somos amantes. De hecho, es casi inevitable que nos convirtamos en amantes.

–No se haga ilusiones, señor Da Silva.

Él sonrió.

–Llámame César, por favor.

Lexie se sintió mareada al ver como aquel hombre estaba desmontando rápidamente la muralla que la había protegido durante años. No quería analizarlo, pero sabía que para haber permitido que la besara dos veces sin resistirse a ello, tenían que haber conectado en un nivel muy profundo.

El pánico se apoderó de ella y se agachó para recoger su bolso y colgárselo del hombro. Tuvo que hacer un gran esfuerzo para mirar a César. El ambiente estaba cargado de tensión, y de algo mucho más inquietante: deseo.

–No soy una mujer fácil, César. Es evidente que te crees lo que lees en los periódicos, pero te aseguro que soy perfectamente capaz de controlarme. Me interesa formar un frente común para quitarnos a la prensa de en medio... eso es todo.

César la miró unos momentos y se encogió de hombros.

–Ya veremos –dijo cruzándose de brazos, como si supiera que no serviría de nada que se resistiera a él cuando llegara el momento.

Conteniéndose para no golpearlo con el bolso en la cabeza, Lexie se acercó a la puerta. Cuando se disponía a salir, él pronunció su nombre con suavidad.

Lexie se volvió con reticencia y apretó los dientes. Él todavía estaba allí sentado, observándola.

–No lo olvides... el próximo fin de semana... Salamanca. Eso si todavía quieres que sigamos adelante con tu sugerencia.

Durante un instante, Lexie contempló la alternativa y se imaginó paseando de un lado a otro por los pasillos del castillo o en los jardines. Atrapada. Y con la prensa especulando sobre su vida otra vez. Se quedó helada. No tenía elección.

–No lo olvidaré –consiguió decir. Después, abrió la puerta y se marchó, herida en su dignidad.

Capítulo 3

CUANDO Lexie llegó a su habitación empezó a pasear de un lado a otro, llena de energía. Sentía escalofríos al pensar en que las dos posibilidades que tenía eran igualmente inquietantes, así como el interés que podría tener en ella la prensa.

No había duda, aparecer con César en público sería lo mejor. Hacía pocas semanas que los periódicos habían dejado de hablar de *Lexie la seductora, especialista en romper matrimonios,* así que si iba a convertirse de nuevo en noticia prefería no ser la víctima.

César estaba soltero. La noticia de que tenía una aventura con él pronto se olvidaría. Y a la película no le afectaría esa clase de publicidad.

Con lo que no había contado era con la atracción que sentía hacia César. Acababa de besarlo apasionadamente por segunda vez. Era como si su cerebro dejara de funcionar con normalidad en cuanto él la tocaba. Estiró las manos y se fijó en que todavía le temblaban ligeramente. Disgustada, buscó la tableta electrónica y la abrió.

Odiándose por ello, comenzó a buscar información acerca de *La novia de César da Silva.* Tal y como esperaba no encontró gran cosa. Únicamente unas fotos de él acompañado de mujeres bellas en diferentes actos públicos. Todas eran altas, de cabello moreno y elegantes. Una era diplomática de Naciones Unidas. Otra, abogada especialista en derechos humanos.

También había fotos de César acompañando a los líderes mundiales durante una cumbre económica.

Lexie se llevó la mano a la boca para contener un gritito de histeria. Su plan de fingir que eran amantes era ridículo. ¿Quién se iba a creer que él la hubiera elegido?

Sintiéndose como una acosadora, comenzó a investigar sobre su pasado. Para su sorpresa, encontró un artículo nuevo en el que salía una foto de César sacada ese mismo día durante una boda en París. Lexie se preguntó cómo había podido regresar al castillo desde París en tan poco tiempo, y recordó que horas antes había oído un helicóptero. Por supuesto, un hombre como César da Silva podía viajar a su antojo.

Se centró de nuevo en el artículo. Se había celebrado la boda de Alexio Christakos y su prometida, una bella mujer llamada Sidonie. En el artículo se insinuaba que entre Alexio Christakos y César da Silva había una relación de parentesco. Al igual que con Rafaele Falcone.

Lexie frunció el ceño. Sabía que Christakos y Falcone eran hermanastros. ¿Y César tenía relación con aquellos hombres? Lexie continuó buscando y encontró una breve referencia sobre su padre. La familia de Joaquín da Silva lo desheredó cuando él decidió marcharse para asistir a la escuela de tauromaquia. Llegó a ser un torero bastante famoso, antes de morir trágicamente a causa de una cornada.

No había mucha más información aparte de la que trataba sobre los numerosos logros que había conseguido César. Y también figuraba como uno de los filántropos más destacados del mundo.

La foto de César en la boda llamó su atención otra vez. Ambos hombres tenían mucho parecido. Y Rafaele Falcone también. No estaba segura, pero le daba la sensación de que todos tenían los ojos de color verde, aunque en diferentes tonalidades. Algo inusual.

De pronto, Lexie comenzó a sospechar. Él había aceptado aparecer en público con ella sin pensárselo dos veces, cuando todo indicaba que era un hombre al que una propuesta como esa podía parecerle aborrecible. «Me desea», pensó Lexie, y se estremeció. ¿Estaría dispuesto a exponerse ante la prensa solo para acostarse con ella? La idea era aterradora y embriagadora al mismo tiempo.

No obstante, ¿sería posible que César tuviera sus propios motivos para distraer a la prensa? ¿Estarían a punto de sacar a la luz algo sobre su familia?

En ese momento llamaron a la puerta y a Lexie le dio un vuelco el corazón. Cubrió la tableta electrónica con la funda y se dirigió a la puerta. Era Tom, el productor.

–¿Tom? –lo recibió con una sonrisa forzada para disimular su decepción.

Él le mostró la misma foto del beso que César le había mostrado poco antes en su ordenador.

–Ah... –dijo ella, con un nudo en el estómago.

–Ah... –repitió el hombre–. No sabía que tenías una aventura con Da Silva. No lo mencionaste...

–No quiero hablar de ello, Tom, si te parece bien.

–Mira, no voy a quejarme, Lexie, ni mucho menos. Es una gran publicidad para la película. Si es que estáis saliendo...

Era evidente que Tom estaba preocupado por si el hecho de que César y ella tuvieran una aventura pudiera poner en peligro el rodaje. César podría echarlos a todos de su finca cuando quisiera.

Lexie estaba tensa. Se imaginaba el furor de la prensa después de que aparecieran en público la siguiente semana.

—Sí —contestó—. Estamos saliendo juntos...

—Bien —dijo el productor aliviado—. Será muy buena publicidad para la película. No habríamos creado tanto interés en la prensa solo con...

—¿Tom? —Lexie lo interrumpió forzando otra sonrisa—. Me encantaría acostarme temprano. Tengo que prepararme muchas cosas este fin de semana, antes de que comencemos a rodar el lunes.

—Por supuesto —dijo él, y dio un paso atrás—. Te dejo tranquila. Buenas noches, Lexie.

En cuanto se marchó, ella se apoyó contra la puerta, aliviada. De pronto, las palabras que en el pasado le había dicho su terapeuta, surgieron en su cabeza. «Lexie, algún día conocerás a alguien y sentirás deseo. Entonces, te sentirás lo bastante segura como para explorarlo y te curarás».

Lexie contuvo una risita de histeria. Ese día había sentido deseo, pero no se sentía nada segura. Al contrario, se sentía totalmente en peligro de muerte. Sobre todo cuando pensaba en aquellos ojos verdes, en el rostro de duras facciones y en su cuerpo poderoso.

De nuevo, recordó que César había aceptado que actuaran como amantes y la rabia se apoderó de ella. Era evidente que estaba acostumbrado a que las mujeres se rindieran a sus pies al oír aquellas palabras. No tenía ni idea de las cicatrices que ella guardaba en su interior. Unas cicatrices invisibles que ella notaba a diario y que había tratado de superar para poder vivir y trabajar.

Suspirando, Lexie se alejó de la puerta y se prometió que haría lo posible para concentrarse en lo más importante: el trabajo que tenía que desempeñar durante cuatro semanas. Un verdadero trabajo de interpretación, y no el que había acordado que haría una semana más tarde y para el que se temía que no tendría que actuar en absoluto.

A mediados de la semana siguiente, Lexie paseaba de un lado a otro del plató mientras colocaban las cámaras para un nuevo rodaje. Estaba escuchando el guion con su mp3 y repitiendo las frases en voz baja.

Estaban rodando en un jardín amurallado, no muy lejos del castillo, y Lexie no pudo evitar pensar en la persona que había dominado sus pensamientos desde la primera vez que lo vio.

Él había aparecido en varias ocasiones para observar el rodaje y Lexie no había podido evitar sentirse cohibida. Y el hecho de ir vestida con un traje del siglo XIX bien escotado no la ayudaba demasiado.

Entonces, justo cuando ella suspiraba aliviada al pensar que César no había aparecido ese día, apareció y se dirigió hacia ella por el estrecho camino. No tenía dónde ir. Estaba atrapada. Notó que se le aceleraba el corazón, se sonrojaba y se le erizaba la piel. Los pezones se le pusieron turgentes contra la tela del vestido. El corsé le parecía más apretado. Intentó cubrirse con el abrigo largo que llevaba, pero el escote del corpiño era demasiado pronunciado. Se quitó los auriculares y se contuvo para no dar unos pasos atrás.

César se detuvo frente a ella. Iba vestido con la ropa de montar a caballo y tenía el cabello alborotado. Era evidente que había estado montando.

Durante un instante, Lexie se quedó sin habla. La mirada de César era hipnotizadora, pero cuando se dirigió a ella provocó que volviera a la realidad.

—Le he pedido a mi asistente que te compre ropa en una boutique de Salamanca.

Lexie lo miró asombrada.

—¿Ropa?

—Para el fin de semana... y para los eventos que surjan en un futuro.

De pronto, Lexie comprendió lo que él quería decir. César le había comprado ropa porque la suya no era lo bastante elegante como la de sus otras amantes.

—No hacía falta —Lexie no pertenecía a su círculo, pero no necesitaba que se lo recordaran.

—Bueno, es demasiado tarde. Ya te la han enviado a tu habitación.

Cuando Lexie se disponía a contestar, César levantó la mano.

—Si no quieres usarla, está bien. Mira lo que hay y decide. No pasa nada.

«Claro que no», pensó Lexie, porque lo único que él había tenido que hacer era chasquear los dedos.

—¿Y cómo sabías qué talla tengo? —al ver que él la miraba de arriba abajo, se arrepintió de haber hecho la pregunta.

—Le pregunté al técnico de vestuario para asegurarme, pero no estaba muy equivocado.

En ese momento apareció la ayudante de producción para avisarla de que la necesitaban. Lexie miró a César y dijo aliviada:

–Tengo que irme. El rodaje va a comenzar.

Él no se apartó, sino que se acercó más a ella y le colocó la mano en la nuca. Inclinó la cabeza y la besó en los labios antes de soltarla.

Lexie se estremeció.

–¿A qué ha venido eso?

César sonrió, pero no se le iluminó la mirada. Y Lexie se preguntó una vez más qué aspecto tendría si sonriera de verdad.

–Como dijiste, hay teléfonos con cámara por todos lados. Solo estoy siendo precavido.

Lexie se sonrojó al oír sus palabras.

–Celeste tendrá que retocarme el maquillaje.

–Entonces, será mejor que vayas a pedirle que lo haga –dijo él, antes de darse la vuelta y marcharse.

Y cuando Lexie se encaminó hacia el lugar de rodaje no pudo evitar fijarse en las miradas de envidia que le dedicaban algunas personas.

Tres días más tarde, César estaba esperando a Lexie en el salón principal del castillo. Al pensar en la última semana decidió que no le gustaba el giro que estaba dando su vida desde que había conocido a esa mujer y su cerebro se había trasladado a su entrepierna.

César era conocido por muchas cosas: su incalculable riqueza, su altruismo, su perspicacia para los negocios, su deseo de mantener la privacidad, su éxito. Y el control. Sobre todo el control de sus emociones.

Ya desde muy pequeño se había convertido en un maestro del control emocional.

Habitualmente elegía a las mujeres altas y morenas. Elegantes. Clásicas. No a las rubias, menudas y con grandes ojos azules. Y de dudosa reputación, según lo que se publicaba en las revistas.

En cierto modo, él siempre había buscado mantenerse alejado de las miradas de los demás, como si temiera que pudieran ver algo en él que ni siquiera sabía nombrar. La oscuridad que desde hacía tiempo albergaba en su interior. El hedor del abandono. La crueldad del rechazo y de la falta de cuidados. Todo ello era como una mancha invisible en su piel.

Sin embargo, para alguien que se había pasado la vida al margen de la mirada de la prensa, la idea de convertirse en el centro de atención no tenía el efecto que él había esperado.

Por supuesto, la idea no le gustaba, pero tampoco le repugnaba.

César se sirvió una copa y sonrió. Todas sus preocupaciones habían sido reemplazadas por otra cosa. Por una mujer llamada Lexie Anderson. Esa semana César tenía que haber asistido a una reunión en el Norte de África, pero la había cancelado con el pretexto de querer asegurarse de que la primera semana de rodaje transcurriera con tranquilidad.

El equipo de rodaje era incansable y trabajaba entre doce y trece horas diarias. Lexie también. Permanecía en su puesto durante largo rato, mientras el equipo de iluminación trabajaba a su alrededor. César se enteró de que ella podía haber pedido una sustituta, pero que insistía en quedarse en el lugar de rodaje. Caía bien a todos los miembros del equipo, sobre todo a los hombres. Más de lo que a César le gustaba admitir. Él nunca había experimentado celos por una mujer y el hecho de empezar a sentirse celoso no le gustaba.

Oyó un sonido. Respiró hondo y se volvió.

Lexie estaba en la puerta y, nada más mirarla, todo su cuerpo reaccionó. Se fijó en como su cabello rubio caía sobre uno de sus hombros. En su tez pálida, en sus brazos delgados y en el vestido sin mangas de lamé dorado que llegaba hasta el suelo. El tejido de la prenda resaltaba su silueta y César no pudo evitar fijarse en su pronunciado escote.

Era una estrella de cine perfecta. Y la mujer más bella y provocativa que César había visto en su vida.

Lexie entró en el despacho y, al ver cómo contoneaba las caderas, César estuvo a punto de perder el control. Normalmente tenía bastante delicadeza y era capaz de decir cosas como: «Estás muy bella», pero en esos momentos solo fue capaz de decir con brusquedad:

—Mi chófer nos está esperando... tenemos que irnos.

Lexie trató de controlar el sentimiento de inseguridad que la invadió al seguir a César fuera del despacho y se amonestó por querer que él le asegurara que su aspecto era adecuado para la ocasión. Sus vestidos solían ser de diseño, pero no podían compararse en elegancia con los que él había encargado para ella. No había podido evitarlo y había elegido uno de los nuevos.

Ella no estaba preparada para el impacto que sufrió

al verlo vestido con un esmoquin negro hecho a medida. El traje se ceñía a su poderoso cuerpo y, en lugar de darle un aspecto de hombre civilizado, lo hacía parecer salvaje.

Como siempre, llevaba el cabello ligeramente alborotado, pero estaba recién afeitado y ese detalle lo hacía parecer más joven.

Él la agarró del brazo y Lexie tuvo que contenerse para no sobresaltarse. Al sentir la aspereza de sus manos, recordó la primera vez que lo vio bajándose ágilmente del caballo... Al instante notó que se humedecía el centro de su feminidad.

Intentó liberarse, pero él la sujetó con fuerza. Deslizó la mano por su brazo y la agarró de la mano.

Lexie lo siguió hasta un coche negro donde el chófer los esperaba con la puerta abierta. César la soltó para que pudiera sentarse en la parte de atrás.

Cuando él se subió al coche por la otra puerta, la miró fijamente. Lexie volvió la cabeza hacia la ventanilla para evitar su mirada.

—Esto ha sido idea tuya. No tienes que poner cara de que te llevan al matadero.

Lexie se puso tensa y se volvió hacia César.

—No me arrepiento de haberlo sugerido. Sigue siendo la mejor opción.

Lexie no se había dado cuenta de cuándo se había subido la mampara destinada a proteger la intimidad de la parte trasera del vehículo. ¿Y era una sensación suya o hacía mucho calor allí dentro?

César la observaba desde el otro lado del asiento como si fuera un sultán controlando a su concubina. Ella hubiera preferido que la mirara de manera amenazadora, como había hecho el primer día. Eso lo habría podido controlar y no el efecto de la ambigua energía que se generaba entre ellos.

–Lo que sucedió antes... el beso... no volverá a suceder –le dijo, a pesar de que no podía dejar de pensar en cómo sería si la besara de nuevo.

–No podemos estar alejados todo el rato, Lexie. Tendremos que mostrarnos cariñosos. Seguro que no te resulta tan difícil fingir que estás locamente enamorada.

–Sí, bueno, no soy la única que debe resultar convincente.

Antes de que pudiera reaccionar, César la agarró de la mano y le besó la palma.

–¿Te parece lo bastante convincente? –le preguntó mirándola fijamente.

Lexie lo miró asombrada y con la respiración acelerada. Retiró la mano rápidamente. Solo le había besado la palma y había estado a punto de derretirse.

–No pareces el tipo de hombre al que le gusten las demostraciones públicas de afecto.

César se contuvo para no rodearla con el brazo por la cintura y atraerla hacia sí con el fin de demostrarle lo que opinaba exactamente acerca de las muestras públicas de afecto. Cada vez que ella respiraba, se movían sus senos y se marcaba más la línea de su escote. Sin embargo, sabía que ella tenía razón y le molestaba que lo hubiera descubierto tan fácilmente.

Las demostraciones públicas de afecto no le gustaban nada. De hecho, no era una persona cariñosa y prefería que ese tipo de gestos se reservaran para la intimidad del dormitorio.

El contacto humano no existía en el castillo donde él creció. Y en las ocasiones en las que surgió, había sido de manera brusca. Un empujón. Un tirón de orejas por haber hecho algo mal. O algo mucho peor después de que lo pillaran tirado en la hierba pegándose puñetazos con Juan Cortez.

Cuando una amante lo agarraba de la mano, su primera reacción era retirar el brazo. Sin embargo, ese día, la distancia que había entre Lexie y él en el asiento trasero del coche le parecía demasiada.

Salamanca no quedaba muy lejos y César trató de convencerse de que ese era el motivo por el que había dicho:

—Acércate.

—Acércate tú —contestó Lexie.

—Yo te lo he pedido primero —dijo él, esbozando una sonrisa.

Lexie hizo una mueca y César sintió que toda la sangre le iba a la entrepierna.

—Lexie, si no eres capaz de acercarte a mí cuando nadie nos mira, ¿cómo crees que vamos a convencer a todo un ejército de paparazzi?

Suspirando, Lexie se movió hasta el otro lado del asiento y se quedó a poca distancia de él. Al percibir su aroma floral, él se contuvo para no abrazarla y sentarla en su regazo.

—Cuéntame algo de ti...

—¿Como qué?

—¿Cómo empezaste tu carrera de actriz?

Lexie miró a César. La sensación de que él estaba viendo una parte de ella que no le importaba a nadie más era incómoda. Una vez más, sentía que sus secretos más profundos estaban demasiado cerca de la superficie, como si él pudiera descubrirlos al quitarle una capa de piel.

En esos momentos prefería fingir que era la amante de aquel hombre delante de un montón de fotógrafos que permanecer en la intimidad en la parte trasera del coche. Entonces, recordó la horrible sensación que experimentó al ver su vida resumida en el montón de fotografías sensacionalistas que estaban esparcidas sobre el escritorio de César y dijo con fingida dulzura:

–¿Quieres decir que con esa investigación tan exhaustiva no te fijaste en lo del diván del director?

–Me gustaría saber cómo empezaste en realidad –dijo él con un tono que indicaba que no le gustaba su sarcasmo.

Lexie sintió un nudo en el estómago y lo miró con suspicacia. Él parecía interesado de verdad, pero eso le recordó que en otra ocasión también había pensado que una persona estaba auténticamente interesada en ella. Aquella experiencia había provocado que saliera en todas las revistas, dejando por los suelos su reputación y burlándose de lo rápido que había confiado en la primera persona que parecía querer conocerla de verdad. Y eso después de haberse pasado la vida protegiéndose.

En esos momentos, recordarlo le resultó desagradable.

Intentó buscar una respuesta breve y superficial, pero la mirada de César era demasiado directa e implacable.

–Bueno... –comenzó a decir ella–. Un día estaba en una tienda... Acababa de mudarme a Londres desde Irlanda. Tenía dieciséis años.

–¿Eres irlandesa? –preguntó él frunciendo el ceño.
Ella asintió.

–Originalmente, sí –al ver que él no decía nada
más, continuó–: Estaba en una tienda y había un niño
delante de mí. De pronto, el dueño lo acusó de haber
robado algo, y él no había hecho nada. Yo intervine y
salí en su defensa.

Lexie se estremeció al recordar cómo aquel hombre se había fijado en sus generosos pechos y la había
devorado con la mirada.

–De pronto, estaba gritándole. Le dije al niño que
saliera corriendo... Al momento apareció una mujer
–Lexie miró a César. Él la observaba sin más y ella se
sintió ridícula–. Mira, es una historia muy aburrida...

–Quiero escucharla. Continúa.

Lexie respiró hondo.

–La mujer me oyó gritar, se acercó a investigar y
consiguió suavizar la situación. Después me invitó a
tomar un café. Me dijo que era directora de reparto y
me preguntó si me gustaría hacer una prueba para actuar en un cortometraje.

Lexie recordaba lo deprimentes que habían sido
aquellos días en Londres. Lo sola y vulnerable que se
había sentido, y cómo había intentado ser fuerte y optimista.

–Le dije que sí y conseguí el papel principal. Al año
siguiente lo proyectaron en el festival de Cannes, en la
categoría de cine alternativo, y se llevó un premio –se
encogió de hombros–. Eso es todo. Así es como em-
pecé, pero fue un camino difícil... Durante un tiempo
tuve un agente sin escrúpulos... Lleva tiempo darse
cuenta de en quién se puede confiar.

César se quedó en silencio unos instantes. Después, comentó:

–Me imagino que si alguien hubiera intentado llevarte al diván del director le habrías dado el mismo trato que al propietario de la tienda.

Lexie recordó la horripilante sesión de fotos que había hecho y dijo:

–Por desgracia no siempre he estado segura de a qué debía negarme...

De pronto, algo cambió en el ambiente. Lexie no podía apartar la vista de la mirada de César. La hipnotizaba. Parecía que él estaba mucho más cerca, y Lexie se preguntó si no se habría acercado sin que ella se diera cuenta.

–No te negaste cuando te besé en el establo –dijo él.

–Lo que demuestra que no he mejorado con los años.

César la rodeó con un brazo por la cintura y la estrechó contra su cuerpo. Ella suspiró. Sabía que él iba a besarla.

Cuando César la besó en la boca, ella separó los labios y permitió que introdujera la lengua y jugueteara con ella en su interior.

Lexie le acarició el mentón y después el cabello.

César posó la mano sobre uno de sus senos y ella arqueó el cuerpo deseando más.

Al cabo de un momento, César metió los dedos bajo el tirante de su vestido.

– César... Yo...

–Shh... –dijo él, mientras le retiraba el tirante del hombro.

La besó de nuevo, provocando que su deseo se hiciera más intenso. Al sentir el aire fresco sobre su seno desnudo, Lexie se separó de él con la respiración acelerada. Se fijó en que César la estaba mirando y bajó la vista para ver su pecho con el pezón turgente. Su piel rosada contrastaba contra la piel bronceada de la mano de César.

–Dios... eres exquisita.

Le acarició el pezón con el pulgar, provocando que se endureciera aún más. Ella se mordió el labio inferior para no gemir. La tensión que sentía en el vientre era cada vez más fuerte y notaba que se le estaba humedeciendo la entrepierna.

No podía pensar. Deseaba descubrir cómo sería sentir la boca de César sobre su piel. Su lengua... devorándola...

César se retiró con brusquedad y le colocó el vestido. Entonces, Lexie oyó que alguien golpeaba de forma insistente sobre la mampara protectora. Estaba completamente aturdida, pero observó que César apretaba un botón y pronunciaba algunas palabras en español. Se volvió hacia ella como si no hubiese sucedido nada, pero Lexie empezaba a sentirse avergonzada.

Estaba segura de que César no sometía a sus amantes a ese tipo de situaciones en la parte trasera de su coche.

Se alisó el vestido y se percató de que en el exterior la gente se agolpaba alrededor del vehículo y que comenzaban a dispararse los flashes.

Por supuesto que César no solía hacer aquello. Únicamente la había besado porque sabía que estaban muy cerca de Salamanca y quería que cuando salieran del coche su relación pareciera lo más auténtica posible.

Lexie no podía mirarlo a los ojos y, cuando él le sujetó la barbilla, trató de liberarse.

–¿Qué pasa? –le espetó ella–. ¿No estoy lo bastante despeinada como para que los paparazzi crean que hemos estado retozando como adolescentes?

Él se sonrojó, enojado.

–No ha sido algo premeditado, Lexie, pero ahora que lo dices...

César la besó en la boca de nuevo y Lexie trató de resistirse en vano. Al cabo de unos segundos, había separado los labios y lo besaba también.

César sabía que estaba perdiendo el control, pero era incapaz de separarse de Lexie. Nunca había probado algo tan dulce. Ni tan peligroso. La manera en que sus labios se amoldaban a los suyos... el tacto de su cuerpo bajo los dedos... el pezón turgente bajo su pulgar... Deseaba probarlo.

Finalmente, César se separó de ella con el corazón acelerado. Él no seducía a las mujeres en la parte trasera del coche. Era un hombre tranquilo, calmado, capaz de mantener el control. Sin embargo, no podía pensar en otra cosa. Su cuerpo estaba incendiado.

Lexie lo miraba como si la hubiera lastimado. Pensaba que lo había hecho a propósito. Y así era, pero no por los motivos que ella sospechaba. César deseaba que tuviera muy claro lo que sentía por ella.

La sujetó por la barbilla y le acarició los labios hinchados con el pulgar.

–No te equivoques, Lexie, te deseo... y no solo para despistar a la multitud. Sabes que hablaba en serio. Seremos amantes de verdad.

Capítulo 4

S EREMOS amantes de verdad».
César sujetaba con fuerza la mano de Lexie.
Ella no había tenido tiempo de contestar porque el chófer había abierto la puerta del coche y, por mucho que deseara soltarse, necesitaba el apoyo que él le proporcionaba. Acababan de enfrentarse a los periodistas en el exterior y una vez dentro del hotel donde se celebraba el evento, César le preguntó:

—¿Estás bien?

Lexie deseaba gritar. Se sentía asilvestrada. Como si no fuera ella.

—En realidad, no –contestó–. Necesito refrescarme un poco antes de entrar.

Buscó el aseo con la mirada y se dirigió hacia allí. Una vez dentro y ver que estaba vacío, suspiró aliviada. Sin embargo, al mirarse en el espejo se le cortó la respiración otra vez.

Tenía el cabello alborotado. Las mejillas sonrosadas, los labios hinchados. Los ojos dilatados y demasiado brillantes. Lexie sacó un pañuelo de papel y comenzó a retocarse el rostro.

«Maldita sea», pensó. Una vez más estaba asombrada por el efecto instantáneo que él tenía sobre ella y por cómo reaccionaba su cuerpo.

Cuando terminó, contempló sus ojos en el espejo y vio que su mirada contenía la sombra de sus secretos. Era algo que solo ella podía percibir. Alguien como César nunca podría adivinarlos. Ella se había convertido en una mujer más fuerte, pero había estado destrozada y había llegado a pensar que nunca volvería a sentirse plena.

Sin embargo, cuando César la tocaba se sentía plena. Y conseguía olvidarlo todo. Olvidar lo que le había sucedido. No quedaba ni rastro del temor que había sentido cuando otros hombres la habían besado, incluso cuando había sido en un entorno tan seguro como el plató de una película.

«Seremos amantes», recordó sus palabras.

Lexie no podía apagar la pequeña llama de esperanza que albergaba en su corazón. Por muy inconcebible que pareciera, ¿quizá César da Silva fuera el hombre capaz de reparar lo que ella creía que se había destrozado en su interior hacía mucho tiempo?

En ese momento llamaron a la puerta.

—Lexie, ¿estás bien?

Lexie sintió que se le entrecortaba la respiración.

—Estoy bien. Salgo enseguida.

Al salir del aseo, Lexie lo encontró apoyado en una columna. Él se acercó a ella y colocó la mano sobre su espalda para guiarla hasta el salón principal donde se celebraba la cena. Lexie notaba el intenso calor que desprendía su mano a través de la tela del vestido.

Se fijó en que las mujeres miraban a César al pasar y que empezaban a susurrar cuando ellos se acercaban. No pudo evitar recordar lo incómoda que se había sentido al entrar en un sitio lleno de gente después de que saliera a la luz su historia con Jonathan Saunders.

César la guio hasta su asiento y se acomodó a su lado. Estiró el brazo y le acarició los hombros desnudos con el pulgar. Lexie estuvo a punto de cerrar los ojos al sentir que su cuerpo reaccionaba con intensidad. Los pezones se le pusieron turgentes, y una oleada de calor la invadió por dentro.

–Tranquila –le susurró César al oído–. Da la sensación de que vas a romperte en mil pedazos.

Lexie volvió la cabeza y, al ver el rostro de César tan cerca, sintió ganas de acariciarlo y tuvo que cerrar el puño para contenerse.

De pronto, recordó que podía tocarlo en público, tal y como se esperaba. Levantó la mano y le acarició el mentón. Al notar que apretaba los dientes lo miró y vio que sus ojos se habían oscurecido. En lo más profundo de su mirada se observaba el brillo de algo muy intenso. Cinismo.

Ella retiró la mano, pero él se la agarró y se la besó, igual que había hecho en el coche. En esa ocasión el efecto fue igual de devastador.

–Eres toda una actriz...

Antes de que Lexie pudiera contestar, el camarero le entregó la carta. Lexie la miró un instante, y se percató de que le parecía incomprensible. Lo que le faltaba era sentirse vulnerable también en ese aspecto.

–Ayuda si pones la carta al derecho –dijo él, con cierto tono de mofa.

Lexie se sonrojó y miró a César antes de darle la vuelta a la carta. Por supuesto, no le sirvió de mucho.

Al ver que los camareros empezaban a tomar nota, le entró el pánico y preguntó:

—¿Qué me recomiendas?

Él la miró un instante antes de centrarse en la carta.

—El entrante de codorniz...

—¿Codorniz? —preguntó Lexie, horrorizada con la idea.

César la miró.

—También hay un entrante de *brie*.

—Pediré eso —dijo ella, aliviada.

César miró la carta otra vez.

—Después, se puede elegir entre *risotto* de salmón, *carpaccio* de ternera...

—La ternera —dijo Lexie, demasiado avergonzada como para mirar a César.

—No todo el mundo está acostumbrado a leer menús escritos en francés... No tienes por qué avergonzarte.

—No me trates con condescendencia, César. No soy estúpida, solo soy...

Antes de que pudiera terminar la frase apareció un camarero y César pidió por los dos. Lexie no dijo ni una palabra. ¿Tenía que contar cada detalle de su vida cada vez que abría la boca?

Cuando el camarero se marchó, César se puso a hablar con la persona que estaba sentada a su izquierda, y Lexie se encontró frente a una mesa llena de gente que la miraba con curiosidad.

La mujer mayor que tenía a su derecha se inclinó hacia ella y le comentó con acento norteamericano:

—Querida, al venir acompañada por uno de los solteros más cotizados del mundo la has liado.

Lexie sonrió. Momentos más tarde descubrió que la mujer era encantadora, además de rica y excéntrica, y amenizó su cena contándole historias de cuando estuvo viviendo en España.

Lexie conversó de forma entusiasta con aquella mujer, aliviada de tener una excusa para evitar la mirada de aquellos penetrantes ojos verdes.

César intentó relajarse por enésima vez. Ya habían terminado de cenar y Lexie se había pasado la mayor parte del tiempo ignorándolo. Era algo sin precedentes. Nunca le había pasado algo así con una mujer. Y, desde luego, no con una con la que se había besado.

Al darse cuenta de que ella sujetaba la carta al revés había sentido un nudo en el estómago. Recordaba lo que ella le había contado acerca de cómo había empezado su carrera cinematográfica, marchándose de casa muy joven y posiblemente abandonando los estudios. Lexie no había ido a la universidad. Y evidentemente, no era tan sofisticada como las mujeres con las que acostumbraba a salir. Sin embargo, eso le resultaba atractivo.

Justo antes de que los hubieran interrumpido, ella le había dicho: «No soy estúpida». Y era algo que a él nunca se le había pasado por la cabeza. Lexie Anderson era una mujer mucho más inteligente que otras que conocía.

César había terminado su relación con algunas de sus amantes por puro agotamiento mental. Era como si tuvieran que demostrarle que eran buenas para él porque podían mantener una conversación en tres idiomas a la vez sobre complicados sistemas políticos que a él no le interesaban. Y más de una había tratado de realizar excéntricas actividades sexuales que a él no le habían resultado nada sugerentes.

Sin embargo, con Lexie... cada vez que la miraba deseaba atarla sobre una superficie y poseerla.

Además, la experiencia de enfrentarse a los periodistas le había resultado mucho menos dolorosa teniendo a Lexie a su lado. Era como si su presencia hubiera mitigado la incómoda sensación de que los paparazzi serían capaces de descubrir sus secretos solo con fotografiarlo.

Cuando vio que la mujer que estaba al lado de Lexie se levantaba de la mesa se alegró. Lexie volvería a hacerle caso a él. No le gustaba el hecho de que otros hombres se hubieran fijado en ella. Estaba deslumbrante. César no había reparado en la presencia de ninguna otra mujer. Era como si ella lo hubiera cegado a causa del deseo.

Y tampoco le gustaba el sentimiento de rabia que lo invadía cada vez que pillaba a un hombre contemplando sus voluptuosas curvas.

Lexie notaba la presencia de César a sus espaldas. Esperando... La señora Carmichael había ido al aseo y ella ya estaba preparada para enfrentarse a César y a su mirada censuradora por haberlo estado evitando durante la cena.

Respiró hondo, volvió la cabeza y, al instante, notó que se le formaba un nudo en el estómago. César tenía la mano apoyada en el respaldo de su silla, demasiado cerca de su cuerpo. Se había quitado la chaqueta y la camisa le quedaba ajustada sobre el torso, de forma que se le marcaba toda la musculatura.

—Lo que te dije, antes de que me dieras la espalda de ese modo...

Lexie se sonrojó y estuvo a punto de protestar, pero se contuvo.

—La señora Carmichael era interesante —contestó.

—La conozco muy bien y sé que es interesante. Casi la persona más interesante de las que hay aquí.

Lexie miró a los hombres y mujeres de aspecto importante que tenía a su alrededor.

—¿No son tus amigos?

César resopló.

—Fingen ser mis amigos porque asisto a su subasta y apuesto una cifra escandalosa. El único motivo por el que lo hago es porque creo en esta organización en particular y porque el dinero va directamente a los interesados, en lugar de perderse por una docena de agencias gubernamentales.

—Ah —repuso Lexie, un poco sorprendida.

Sabía que aquella organización se dedicaba a combatir la explotación sexual de mujeres, una causa que le parecía importantísima. Puesto que era un tema que no estaba de moda en la prensa, el hecho de que César lo apoyara ayudaría a difundirlo.

—La señora Carmichael me ha hablado de ello.

César sacó una tarjeta con la mano que tenía libre.

—Aquí está la lista de los artículos que van a subastarse. Mira si hay algo que te guste.

Lexie se sintió decepcionada al ver que él mostraba indiferencia, como si tuviera claro que ella iba a que-

rer que le regalara algo. Entonces, el hecho de no poder leer la tarjeta provocó que la rabia la invadiera por
dentro.

—Puede que no sea tan intelectual como tus amantes habituales, César, pero no es necesario que me trates
como a una tonta solo porque sea rubia y...

—Basta —dijo César, y le rozó el cuello con los dedos.

Ella se puso tensa y se movió un poco para retirarse
de su alcance.

—Lo siento. He reaccionado de manera exagerada.
César hizo una mueca.

—No pretendía ser despreciativo.

Una vez más, Lexie se sorprendió de su capacidad
para disculparse.

—¿Y si quiero pujar por algo yo?

—¿Sabes cuánto cuesta el artículo más barato?

Lexie negó con la cabeza. Él miró la tarjeta y dijo
una cifra. Ella palideció y declaró:

—Entonces, me temo que no voy a pujar.

César le entregó la tarjeta y Lexie la aceptó. Debía
contárselo, sobre todo si cuando estuviera con él iba
a ponerse tan tensa como para no ser capaz ni de leer
un menú.

—Sobre lo que pasó antes con la carta... Me gustaría
explicártelo...

—No —él movió la cabeza—. Ni por un momento
pretendía insinuar que fueras idiota.

Lexie negó con la cabeza.

—El motivo por el que no pude leerla muy bien es
porque sufro dislexia severa.

Lexie se puso tensa, como si esperara que César la

mirara con desdén, tal y como le había sucedido en otras ocasiones.

Sin embargo, no sucedió.

–¿Y? –preguntó él sin más.

Lexie palideció.

–Y puedo leer perfectamente, pero, si estoy tensa o me siento bajo presión, me resulta imposible. Necesito tiempo.

César se acercó a ella y le acarició la nuca. Lexie se contuvo para no estremecerse.

–¿Y estás tensa o te sientes presionada?

–Un poco.

–Deberías habérmelo dicho. Un buen amigo mío también es disléxico y se ayuda empleando un software especial. Estoy seguro de que no tengo que nombrarte a todos los genios que a pesar de tener dislexia no se refrenaron a la hora de hacer lo que querían.

–Por supuesto que no –dijo Lexie–. Yo suelo ir a algunos colegios de Londres para hablar con los niños sobre la dislexia, y para demostrarles que no les supondrá una limitación en la vida.

–¿Y cómo te las arreglas con los guiones de las películas?

–Suelo pedirle a un actor amigo mío que me los lea en voz alta. Los grabo y los meto en mi mp3.

En ese momento se oyó el sonido de un mazo y Lexie miró a su alrededor. Estaba demasiado centrada en él. La gente se estaba sentando otra vez y ella se alegró de la interrupción.

No hacía mucho tiempo que había estado a punto de enamorarse de otro hombre que la había hecho creer que estaba interesado en ella. César también estaba a punto de hacerla creer que estaba interesado en ella, pero Lexie sabía que era puro deseo.

César estaba pendiente de lo que sucedía en la subasta y Lexie lo observó mientras él pujaba con indiferencia por los lotes más caros, con la promesa de que los lotes que él había comprado se rifarían de manera gratuita entre los trabajadores de la organización benéfica.

Cuando terminó el evento, y después de que César se gastara mucho dinero, él se volvió hacia Lexie y le dijo:

—¿Estás preparada para marcharte?

Ella asintió, demasiado intimidada por lo que había visto como para decir que no. Lexie se fijó en que el resto de los asistentes trataban de llamar su atención mientras avanzaban, pero él no se detuvo para hablar con nadie.

El chófer los estaba esperando fuera con el coche. Una vez en la parte trasera del vehículo, Lexie se sentó junto a la ventanilla. La idea de que César pudiera besarla de nuevo era demasiado escalofriante como para contemplarla.

A través de los cristales tintados, Lexie podía ver el brillo de las luces de Salamanca.

—Es muy bonito...

Al cabo de unos momentos, Lexie oyó que César le decía algo al chófer y que el vehículo cambiaba de sentido.

—¿Qué estamos haciendo? —le preguntó a César.

—Tienes que ver la Plaza Mayor iluminada.

—No importa —protestó ella—. Puedo venir cualquier otra noche.

–¿Te apetece algo dulce? –preguntó él, ignorando sus palabras.

Lexie pestañeó. No había tomado postre. ¿Y cómo sabía él que le gustaba el dulce?

–Un poco, pero no es necesario que...

–Conozco el sitio adecuado. Iremos allí.

El coche se detuvo en una calle en la que había parejas paseando del brazo. César se bajó y ayudó a Lexie a salir del coche.

El aire era fresco y antes de que Lexie pudiera decir nada, notó que César le colocaba su chaqueta sobre los hombros. Al instante, percibió su aroma embriagador.

Él la agarró de la mano y ella tuvo que contenerse para no retirarla. La verdad era que le gustaba ir agarrada de su mano. Lo miró y vio que se había quitado la pajarita y que se había desabrochado el botón superior de la camisa.

Lexie llamaba la atención de los paseantes con su vestido largo.

–¿Crees que los fotógrafos estarán por aquí?

–Puede ser... nos han visto marcharnos.

Doblaron una esquina y llegaron a la Plaza Mayor. Todos los edificios antiguos estaban iluminados y Lexie comprendió enseguida por qué la parte antigua de la ciudad era patrimonio de la UNESCO. Era impresionante.

Lexie se sentía muy pequeña en medio de tanto esplendor. Se detuvieron en un café que todavía estaba abierto y un hombre salió a recibirlos. Saludó a César de manera efusiva y le ofreció una mesa bajo la arcada que rodeaba la plaza. Se sentaron y César le preguntó:

–¿Qué clase de postre te apetece?

–Cualquier cosa. Un pastel... unas pastas...

–¿Café?

–Sí, por favor.

César le dijo unas palabras al dueño, que parecía muy orgulloso de tenerlo como cliente. Era evidente que sabía quién era César.

Había otras personas tomándose una copa de vino o un café. Al cabo de unos momentos, el propietario regresó seguido de un camarero que llevaba una bandeja. A Lexie se le hizo la boca agua. Había tarta de almendras, buñuelos de crema, almendras garrapiñadas, pastel de chocolate...

Lexie probó uno de los postres y dijo:

–Si no tuviera que preocuparme por tener que ponerme el corsé otra vez dentro de un par de días...

César dio un sorbo a su café y la miró. Ella lo miró también y no pudo evitar recordar el beso que habían compartido en la parte de atrás del vehículo.

–Cuando te vi la primera vez pensé que eras una aparición. Que no existías de verdad –dijo él, dejando la taza sobre la mesa.

Lexie tragó con dificultad. Recordaba cómo le había cambiado el rostro al verla aquel día. Nunca lo olvidaría. Y aunque ella no había pensado que él fuera una aparición, había sentido algo parecido.

–Yo sabía que eras real... –admitió–, pero sé a qué te refieres. Se suponía que no debía estar allí.

–Fui muy duro contigo.

Lexie se encogió de hombros y miró la taza de café.

–Tu intimidad se había visto invadida por cientos de desconocidos...

–Y acababa de volver de París. De la boda de mi hermanastro.

Lexie lo miró de nuevo. Recordaba haber visto las fotos de la boda en Internet.

–Entonces, ¿es cierto que sois parientes?

–¿Por qué lo preguntas? –inquirió él, frunciendo el ceño.

Lexie se sonrojó.

–Vi algo en Internet mientras buscaba si había más fotos nuestras...

–Sí, es cierto. Rafaele Falcone y él son mis hermanastros.

–¿Y eso no se sabía?

César bebió otro sorbo de café y negó con la cabeza. Después dejó la taza con fuerza sobre el platillo. Estaba tan tenso que Lexie pensó que iba a levantarse para marcharse. No lo hizo, pero por primera vez evitó su mirada.

–Teníamos la misma madre, pero distintos padres.

–¿No os conocíais de pequeños?

Él negó con la cabeza.

–No. Solo sabía que existían. Mi madre estaba más interesada en tener una vida de lujo y opulencia que en pensar en que había abandonado a su hijo mayor.

Lexie tenía muchas preguntas en la cabeza, pero de pronto recordó cuál había sido su sospecha inicial.

–¿Y todo eso tiene algo que ver con esto? –preguntó.

–¿Qué quieres decir?

–Que si el hecho de que haya salido a la luz lo de tus hermanastros tiene algo que ver con que hayas aceptado sin problema que nos vean en público.

–He de admitir que me pareció ventajoso que otra historia ocupara los titulares.

Lexie había sospechado que eso era una posibilidad. Entonces, ¿por qué se sentía dolida? Porque él la había seducido para que pensara que su única motivación era el deseo que sentía por ella.

Sin mirarlo, Lexie agarró la taza de café. De pronto, no podía soportar que él la mirara. Se puso en pie con brusquedad y dijo:

–¿Te importa si nos vamos ya? Estoy cansada... ha sido una semana muy larga.

Se volvió y empezó a caminar. El pánico comenzaba a apoderarse de ella. Él solo había estado jugando con ella, mientras que ella había estado a punto de dejarse embaucar otra vez.

Oyó que él murmuraba algo y dejaba unas monedas sobre la mesa. Nada más llegar al centro de la plaza, notó que él la agarraba del brazo y la giraba para que lo mirara.

–¿A qué diablos se debe todo esto, Lexie?

Ella retiró el brazo con fuerza y la chaqueta de César cayó al suelo sin que ninguno se diera cuenta.

–¿Te cuesta aceptar que tenga mis motivos para evitar que la prensa se inmiscuya en mi vida? ¿Que me abandonaran como si fuera equipaje no deseado, y que tuviera unos hermanastros que ni siquiera sabían que existía?

–¿Qué? –preguntó asombrada–. ¡No! Por supuesto que no. No sabía nada acerca de tu familia.

–Mi madre intentó llevarme otra vez a la casa familiar pensando que conseguiría algo a cambio, pero no contó con que mis abuelos podían darle un ultimátum: o yo solo o ninguno de nosotros. Así que me abandonó.

—César... no tenía ni idea.

—Eso es lo que va a salir en la prensa un día de estos. La escabrosa historia de Esperanza Christakos, la mujer que pasó de la pobreza a la riqueza extrema, y los detalles sobre el hijo al que abandonó.

Ella negó con la cabeza.

—No sabía nada acerca de ella.

César, enfadado por haberle contado todo eso, dijo:

—Si no lo sabías, entonces, ¿qué pasa?

Lexie no podía decirle que estaba dolida por el hecho de que su motivación para aparecer juntos en público no fuera únicamente el deseo que sentía por ella. Se sentía confusa y no pudo evitar emocionarse al imaginarse a aquel niño pequeño que se había quedado en el castillo sin su madre.

Tratando de evitar su pregunta, le dijo:

—No tenemos que hacer esto, si no quieres.

En esos momentos, la idea de quedarse en el castillo para evitar a la prensa le resultaba más atractiva que la idea de exhibirse otra vez en público.

César se acercó a ella. El brillo de su mirada provocó que Lexie se pusiera nerviosa.

—Quizá no sea buena idea. Si lo dejamos ahora podemos hacer que parezca que solo fue una aventura corta.

César negó con la cabeza y dijo:

—Hemos llegado demasiado lejos como para dar marcha atrás.

A Lexie se le aceleró el corazón y se le secó la boca. No tenía energías para discutir.

–Ambos tenemos nuestros motivos para hacerlo, Lexie. Y somos adultos. En un principio, esto sucedió porque nada más vernos no pudimos evitar besarnos.

Ella pensó en lo que él le había contado sobre sus hermanastros y sobre el deseo de evitar que la prensa se inmiscuyera en el tema. Ella también tenía secretos oscuros que quería ocultar. De pronto, sintió una peligrosa afinidad con él.

César la rodeó con un brazo por la cintura y la atrajo hacia sí. Lexie colocó las manos sobre su pecho y, cuando él la besó en los labios, el sentimiento de vulnerabilidad que había experimentado momentos antes se disipó de golpe. Separó los labios para besarlo también y arqueó el cuerpo, pidiendo más.

Al ver el brillo de un flash se sobresaltó entre los brazos de César. Él se retiró y maldijo. Un hombre los estaba fotografiando desde la distancia. César se puso tenso, pero no hizo nada para detener al fotógrafo que ya se estaba alejando.

Se volvió hacia Lexie y le dijo con un brillo en la mirada:

–No tenemos ninguna posibilidad de decir que solo fue una aventura corta –el brillo de su mirada se volvió más intenso–. Al margen de cuáles fueran nuestros motivos, ahora solo se trata de nosotros. Te deseo. Y tú me deseas. Así de sencillo.

Capítulo 5

UNA hora más tarde, Lexie estaba tumbada en la cama recordando las palabras de César. Después de ese momento en medio de la plaza, César no dijo nada más. Simplemente la agarró de la mano y la guio hasta el coche.

Durante el trayecto permanecieron en silencio, y al llegar al castillo el ama de llaves informó a César de que había recibido algunas llamadas que debía responder. Lexie aprovechó la oportunidad para decir que iba a retirarse porque estaba cansada y, al percatarse de que César la miraba fijamente al darle las buenas noches, un ardiente deseo se instaló en su vientre.

Era como si hubiera despertado en ciertos aspectos. No le había sucedido lo mismo con Jonathan Saunders, su supuesto amante casado... Él había afectado a otra parte de su persona, a una menos visceral. Quizá había hecho que ella pudiera volver a confiar, pero simplemente había elegido mal.

De pronto, la idea provocó que se le acelerara el corazón. Quizá no había perdido el control. Aquello era totalmente diferente a lo que había sucedido antes.

César no había alcanzado sus secretos y sentimientos más profundos. La había besado y ella había revivido. Era algo físico. Y hacía mucho tiempo que no lo sentía. Simplemente había confundido el deseo con los sentimientos. César le brindaba la oportunidad de explorar la atracción sexual que sentía. Y ella deseaba hacerlo. Con ese hombre.

Recordó lo que él le había contado sobre su madre y sus hermanos. Ella sabía muy bien lo que era querer evitar que se entrometieran en su vida privada.

César era un hombre cínico y oscuro. Y Lexie comprendía por qué. Ella también lo era. Había aprendido a serlo desde muy pequeña, cuando tuvo que enfrentarse al lado más difícil de la vida.

Sin embargo, se sentía orgullosa por haber sido capaz de volverse más optimista con el paso de los años. Aunque sabía que no había conseguido desterrar el cinismo por completo. Podía llegar a ser igual de cínica que él. O más. Tenía mucho que ganar en aquella situación. Más de lo que él se podía imaginar.

Y, cuando llegara el momento de separarse, César podría regresar con sus amantes intelectuales y Lexie habría conseguido la liberación con la que siempre había soñado.

Era así de sencillo.

—Gracias a todos por un día estupendo. Hemos terminado.

Lexie suspiró aliviada. Habían terminado de rodar las escenas en el jardín amurallado y el resto de la semana rodarían en una zona más alejada del castillo.

César había estado ausente todo el día. Lexie no lo había visto desde el sábado por la noche, cuando la dejó ardiente de deseo después de dedicarle una mirada intensa. El domingo se había sentido tan inquieta que había decidido dar un largo paseo por la finca, pero tampoco vio a César por ningún sitio.

Después de haber decidido que disfrutaría de tener una aventura con él, estaba decepcionada por el hecho de que se hubiera esfumado. Sin su infalible capacidad para distraerla e hipnotizarla con su carisma, se sentía vulnerable.

Después de quitarse el vestido, se despidió del resto del equipo y regresó al castillo. Nada más entrar se chocó con César y él la sujetó por los brazos para estabilizarla. Al sentir que una oleada de calor la invadía por dentro, Lexie frunció el ceño. «Maldito seas».

–Venía a buscarte –dijo él.

–Pues aquí me tienes –replicó Lexie, como enfadada.

–¿Has tenido un mal día en el trabajo, cariño?

Lexie se liberó de sus manos. No quería que él coqueteara con ella.

–Lo siento –contestó, evitando su mirada–. Ha sido un día largo.

Se sentía un poco cohibida porque iba vestida con unas mallas y una blusa holgada. Se había quitado el maquillaje y llevaba el cabello recogido. Por lo que sabía sobre César, quizá la noche anterior él había estado cenando con una bella mujer...

César interrumpió sus pensamientos.

–Después de las llamadas de la otra noche resulta que esta mañana he tenido que asistir a una reunión urgente en París, así que me marché ayer.

–No me había dado cuenta –dijo Lexie, encogiéndose de hombros.

César se acercó y la sujetó por la barbilla para que lo mirara.

–Mentirosa –dijo él–. Porque yo he sido consciente de cada minuto que he estado alejado de este lugar.

–Bueno, tu reunión no habrá sido muy emocionante.

–Ha sido aburridísima.

El aire se llenó de tensión. Y, de pronto, los temores de Lexie se desvanecieron. El efecto que tenía sobre ella era ridículo, pero no podía resistirse.

Él retiró la mano.

–Hemos salido en los periódicos. Pensé que te gustaría verlo.

–Por supuesto.

–Podemos ir a mi apartamento. Es más privado –dijo él, dando un paso atrás.

Lexie lo miró al ver que empezaba a alejarse.

–¿A tu apartamento?

Se apresuró para alcanzarlo. Él la miró y la tomó de la mano.

–Tengo mi propio apartamento en el castillo.

Lexie lo siguió por un laberinto de pasillos hasta que llegaron a una puerta en la que César marcó un código para abrir. Cuando la puerta se abrió, Lexie se quedó boquiabierta. Era como entrar en un mundo diferente.

El apartamento era enorme. Tenía un gran ventanal y una cocina moderna de última generación. Acero y cromo con una iluminación industrial.

El suelo era de madera y estaba cubierto con varias alfombras orientales. En una esquina de la habitación había tres sofás de piel y una mesa de café. También había una televisión y una cadena de música. En la pared, nada más que estanterías y montones de libros.

A Lexie le encantaba leer, pero a veces le resultaba un proceso difícil. Al recordar cómo había reaccionado César al enterarse de que tenía dislexia, sintió que se derretía por dentro.

—Tengo un despacho aquí.

Lexie lo siguió y vio que había una puerta entreabierta. Miró hacia el interior y vio una cama enorme, deshecha. La imagen provocó que se incendiara por dentro. Lexie se sonrojó. ¿Acabaría en esa cama con él? ¿Con los cuerpos entrelazados?

Nada más entrar en el despacho, César le soltó la mano. Era evidente que era un estudio privado, mucho menos imponente que el otro, pero en el que obviamente pasaba mucho tiempo. Había libros y papeles por todas partes. Estaba más desordenado de lo que ella se habría imaginado para ser el despacho de un hombre que parecía muy controlado.

Tenía algunos periódicos sobre el escritorio y giró uno para que ella lo mirara. Tratando de mantener una expresión neutral, ella leyó el titular:

¡Caliente! ¡Caliente! ¡Lexie la seductora se acuesta con el soltero más rico y huraño del mundo!

Era más o menos lo que ella esperaba. Había una foto de ambos llegando al lugar donde se celebró la subasta benéfica. Ella aparecía prácticamente pegada a él y con los ojos bien abiertos, como si fuera un cervatillo deslumbrado por los faros de un coche.

En otra, César aparecía inclinando la cabeza hacia ella, como si estuviera susurrándole algo cariñoso.

La última la habían sacado dentro del hotel. Parecía

que la había tomado un invitado o un camarero con la cámara de un teléfono. Estaban sentados a una mesa, él tenía el brazo sobre el respaldo de la silla de Lexie y sus cabezas se hallaban muy cerca.

A pesar de que Lexie estaba acostumbrada a ver su foto en los periódicos, se sintió muy expuesta. Las imágenes mostraban lo seductor y fascinante que le resultaba aquel hombre. Al menos no habían publicado ninguna foto de ellos en la plaza.

César estaba apoyado en el borde del escritorio.

—Parecen muy convincentes, aunque tú estarás más acostumbrada a este tipo de cosas que yo.

Al oír su tono de voz se percató de que César pensaba que ella era culpable de lo que había sucedido en el pasado. Lexie dio un paso atrás y comentó:

—No hice nada para aparecer en los periódicos con aquel hombre.

—¿Qué quieres decir? —preguntó él frunciendo el ceño.

Lexie comenzó a pasear de un lado a otro, nerviosa. No tenía por qué darle una explicación a aquel hombre, pero deseaba hacerlo. Aunque César no estuviera realmente interesado.

Se detuvo con los brazos cruzados y lo miró:

—No estuve liada con ese hombre.

—Entonces, ¿por qué salió en la prensa?

—Jonathan Saunders... Habíamos actuado juntos durante unas semanas. Yo había trabajado con él años atrás, durante mi primer cortometraje. Él había sido muy amable conmigo y yo lo consideraba mi amigo... Durante el rodaje él intentaba pasar algún rato conmigo, se aseguraba de que llegaba bien a mi casa y cosas así.

Lexie odiaba pensar que había llegado a confiar en él, y que aunque no se había sentido físicamente atraída por él lo había considerado un amigo de verdad.

—Un día, después de terminar la obra, me llamó diciéndome que estaba muy nervioso y que necesitaba un lugar donde quedarse. Me contó que lo habían echado de su casa porque no podía pagar el alquiler. Yo sabía que no tenía mucho éxito como actor, así que lo creí. Tenía una habitación libre y se la ofrecí. Estuvo viviendo en mi casa una semana más o menos.

—¿Te acostaste con él?

Lexie lo miró, enfadada consigo misma por haber sacado el tema.

—Te he dicho que no estuve liada con él.

—Entonces, ¿qué pasó?

—Se marchó temprano una mañana, y yo me enteré porque oí que daban un portazo. Yo estaba durmiendo. Pensé que sería él, que se habría olvidado algo... acababa de empezar a ensayar una nueva obra. Yo estaba medio dormida, y cuando abrí la puerta de la calle vi que había montones de fotógrafos.

Lexie se sonrojó.

—Yo iba en camisón... medio dormida... Más tarde descubrí que Jonathan estaba casado y que había tenido una gran discusión con su mujer porque ella había descubierto que tenía una amante y que la había dejado embarazada —se calló un instante—. Él sabía que iba a pasar porque su amante le había avisado de que la prensa sospechaba algo. Y me utilizó. Consiguió que confiara en él para así utilizarme como cabeza de turco cuando llegara el momento y proteger a su novia de verdad. Le horrorizaba que pudieran descubrir quién era ella.

Lexie suspiró.

—Su amante era la esposa de un ministro del gabinete conservador y ella quería evitar el escándalo a toda costa. Él pensó que lo mejor sería echarme a mí a las fauces de los periodistas, así que lo preparó todo. Vivió una semana conmigo para hacerles creer que nos habíamos mudado a vivir juntos.

Lexie miró a César.

—Yo ni siquiera sabía que estaba casado. Nunca había hablado de su mujer. Ni de sus hijos.

—¿Y por qué no te defendiste cuando te enteraste de la verdad?

«Porque no quería que la prensa tuviera la excusa perfecta para indagar sobre mi pasado, por miedo a lo que pudieran encontrar».

De pronto, experimentó una sensación de *déja vu*. Otra vez sentía la necesidad de confiar, pero sabía que no debía hacerlo.

—No quería echar más leña al fuego... ni llamar más la atención. Además, sentía lástima por su esposa y sus hijos.

Lexie evitó mirar a César. Al menos le había contado parte de la verdad.

Lexie tenía los brazos cruzados con fuerza y parecía vulnerable. César se sentía aliviado por el hecho de que no se hubiera acostado con aquel hombre. Aun así, deseaba encontrarlo y darle un puñetazo. Y eso lo sorprendía. Las mujeres no solían provocar en él un sentimiento de protección, ni un deseo de venganza. No debería importarle.

César se percató de que ella estaba mirando otro de los periódicos que le habían enviado. El titular decía: *¡La familia desconocida de César da Silva!*

Antes de que él pudiera detenerla, ella agarró el periódico. En la portada había fotografías recientes de los tres hombres: César, Rafaele y Alexio. Y otra de su madre. En todas se podía observar el rasgo que tenían en común: unos llamativos ojos verdes.

César se puso tenso.

—Ya veo de dónde has sacado tus ojos verdes. Tu madre era muy bella.

—Lo era —dijo él, consciente de que Lexie estaba mirando la noticia que demostraba que su madre no lo había querido. Recordó cómo ella había salido huyendo del café de la plaza. Y cómo él había pensado que había sentido repulsión al descubrir los oscuros secretos de su alma.

Lexie lo miró y él se percató de que había compasión en su mirada. Sin embargo, no deseó escapar.

—Bueno —dijo ella con nerviosismo—. He de irme. Mañana tengo que madrugar otra vez.

—Espera —dijo él, al ver que se disponía a marcharse.

La agarró de los codos y la atrajo hacia sí. Cuando ella apoyó las manos sobre su torso, el deseo se apoderó de él.

—Cielos —murmuró—, eres muy bella.

Lexie intentó agachar la cabeza.

—No lo soy.

—Lo eres... deslumbrante. Y te deseo más de lo que he deseado a nadie.

César inclinó la cabeza y la besó en los labios. Ella lo agarró de los brazos y se puso de puntillas para sentirlo más cerca.

César le soltó el cabello y su melena cayó sobre sus hombros. Avanzó sin dejar de besarla y la apoyó contra el escritorio. La tomó en brazos y la sentó. Ella lo rodeó con las piernas para atraerlo hacia sí y él gimió.

Al notar su miembro erecto contra el vientre, el deseo se apoderó de ella y humedeció su entrepierna.

César le desabrochó la blusa y le bajó el tirante del sujetador.

Ella deseaba más. Cuando César se separó de su boca, ambos respiraban de manera acelerada. De pronto, se oyó el timbre de un teléfono y ella se puso tensa.

—No importa —dijo él.

—Quiero verte —declaró ella, aturdida.

César se incorporó y se desabrochó la camisa. Al sentir su aroma masculino, Lexie cerró los ojos un instante. Cuando los abrió de nuevo, se quedó boquiabierta. Él tenía un cuerpo magnífico. Su torso musculoso estaba cubierto por una fina capa de vello, que descendía por su abdomen formando una línea y se ocultaba bajo la cinturilla de sus pantalones.

Lexie se sentía desbordada. Sabía que, si no se detenían, acabarían en la cama y, por mucho que lo deseara, no estaba segura de estar preparada. Colocó una mano sobre su torso y dijo:

—Espera. Esto va demasiado deprisa... —lo miró, deseando poder descifrar la expresión de sus ojos verdes.

César dio un paso atrás y Lexie dejó caer la mano.

Era como si se hubiera abierto un abismo entre ellos. Se colocó la blusa y el sujetador. No podía pensar con César medio desnudo y decidió bajar de la mesa.

César la miró y sonrió. Ella estuvo a punto de apoyarse en el escritorio para no tambalearse. Nunca lo había visto sonreír de esa manera.

Él se acercó y le acarició el labio inferior con el pulgar.

—Nos deseamos —dijo, y dejó de sonreír.

—Sí... —repuso ella, con el corazón acelerado.

—El fin de semana que viene hay un evento en Madrid. ¿Dijiste que te gustaría conocer la ciudad? Pues iremos juntos. Tengo un apartamento allí, así que nos quedaremos a pasar la noche.

Lexie sentía que el corazón estaba a punto de salírsele del pecho, pero asintió.

—Será bueno que nos vean juntos. Para nosotros y para la prensa.

—Sí —convino César—. Pero no es solo por eso, Lexie. Es por nosotros también.

César tuvo que esperar un rato a que su cuerpo se enfriara cuando Lexie se marchó. Había estado a punto de tomarla en brazos y llevarla hasta su dormitorio. Aunque sabía que no habría podido resistirse a poseerla allí mismo, sobre su escritorio.

Cuando ella apoyó la mano sobre su torso, se percató de que había estado a punto de perder el control.

Era un hombre civilizado, aunque la última vez que se había sentido como tal había sido antes de ver a Lexie Anderson por primera vez.

Se acercó a la ventana para mirar una parte privada de los jardines del castillo. De pronto, un viejo recuerdo se apoderó de él. Un sentimiento de vulnerabilidad. Y no le gustó.

Deseaba a Lexie. Sin embargo, sabía que era una mujer peligrosa porque cuando estaba cerca de ella parecía olvidarse de sí mismo.

Nunca había confiado en nada, y menos en las mujeres. Después de todo, su madre y su abuela le habían enseñado muy bien esa lección.

Recordaba cómo su abuela solía llevarlo a rastras hasta una ventana de la primera planta y lo obligaba a sentarse allí. Todos los días. Durante horas. Antes y después de las clases. Porque allí lo había encontrado un día. Mirando... esperando.

–Si te gusta tanto estar aquí, vendrás cada día. Mira, César. Mira. Mira como ella no regresará a buscarte. Y, cuando me digas que me crees, dejaremos de jugar a este juego –habían sido las palabras de su abuela.

César recordaba haber mirado a su abuela antes de que ella le tirara de la oreja con fuerza para que mirara de nuevo hacia la ventana. Las lágrimas de dolor se habían agolpado en su mirada, pero él había conseguido contenerlas porque no quería mostrar sus sentimientos. Con tan solo cinco años ya sabía que no debía hacerlo.

Y así había pasado horas y horas mirando por la ventana, deseando ver aparecer a su madre. Había tardado un año entero en decirle a su abuela lo que ella quería oír.

Su abuela se había asegurado de que él viera fotos de su madre disfrutando de la vida en París. Convirtiéndose en una modelo famosa. Teniendo otro hijo. Su hermanastro. Olvidándose de él.

Su madre había regresado, con su hermanastro pequeño, un año después de todo eso. El dolor que había sentido al ver a su hermanastro agarrado de la mano de su madre había sido insoportable. La odiaba. Los odiaba. Tanto que la rechazó nada más verla.

Había perdido a su padre antes de llegar a conocerlo bien. Después, su madre se había marchado, abandonándolo. Sus abuelos no habían mostrado nada más que desdén hacia su nieto. Su única motivación para que se convirtiera en heredero había sido su propia avaricia y su obsesión con el apellido familiar.

Finalmente, César consiguió dejar de pensar en el pasado. Se amonestó por permitir que una mujer, por muy atractiva que fuera, hubiese tenido ese efecto en él. Y por volver a pensar en el pasado. Deseaba a Lexie. Era así de sencillo.

Únicamente buscaba satisfacer su deseo con ella. Nunca desearía tener nada más con una mujer que una pura satisfacción momentánea. Y Lexie no era diferente.

Capítulo 6

HACIA el final de la segunda semana, Lexie empezaba a estar muy nerviosa. Sin duda, se debía a la presencia constante de César en el plató. A veces, ella sentía su penetrante mirada como si fuera una caricia de verdad.

No estaba acostumbrada a experimentar tanta activación sexual ni tanta frustración. Odiaba a César por tener ese efecto sobre ella, aunque al mismo tiempo deseaba que él se acercara y la tomara entre sus brazos para besarla apasionadamente.

Y no solo era la sensación física. Él había conseguido alcanzar una parte más profunda de su ser. Y ella no se podía creer que corriera el peligro de volver a comportarse como una ingenua, aunque aquello era muy diferente a lo que había sucedido con Jonathan Saunders.

El fin de semana en Madrid le resultaba inquietante. Lo irónico era que estaba representando el papel de una libertina sexual y no tenía ni idea de cómo se sentiría alguien así en la realidad.

«Después del fin de semana sabrás exactamente lo que se siente», le dijo una vocecita interior.

Ese día, cuando terminaron de trabajar, Lexie vio que César la estaba esperando en un cochecito de golf para llevarla a la base.

–¿No tienes que reunirte con un líder mundial o algo parecido? –le preguntó ella en tono sarcástico.

César se bajó del cochecito y le dijo en voz baja:

–Estoy locamente enamorado de ti, ¿recuerdas?

Lexie se puso el abrigo para ocultar sus voluptuosas curvas y reprimió un resoplido.

Después se sintió maleducada. César estaba mucho más atractivo vestido con pantalones vaqueros y camiseta de manga larga. Parecía más joven y menos intimidante.

Cuando llegaron a la base, César la ayudó a bajar del cochecito. Antes de que ella entrara, la agarró de la mano.

–Mañana tengo que ir a Londres durante veinticuatro horas, pero regresaré el sábado para llevarte a Madrid. Saldremos después de comer.

Le soltó la mano y la sujetó por la nuca para atraerla hacia sí. Aunque Lexie sabía que se disponía a besarla, el roce de sus labios la llenó de energía. César la besó brevemente y se separó de ella, pero Lexie deseaba más.

–Hasta entonces –dijo él, y la soltó.

Lexie tenía el corazón acelerado. Era el momento de decir algo, de echarse atrás. «Mantente a salvo», pensó.

Abrió la boca, pero no dijo nada. Algo dentro de ella le decía que debía aprovechar la oportunidad.

Lexie vio que otros miembros del equipo regresaban del plató. Su ayudante de vestuario se acercó para ofrecerle ayuda con el vestido.

Ella respiró hondo.

–Estaré preparada –le dijo a César.

Él sonrió y contestó:

–Me apetece mucho. No me eches mucho de menos, ¿quieres?

Lexie hizo una mueca, pero él ya se había dado la vuelta para marcharse. Ella deseó salir detrás de César y suplicarle que la llevara con él.

El sábado, Lexie se vistió de forma casual con una blusa de rayas de manga larga y una falda. Había preparado una maleta para el fin de semana y estaba esperando a César en el recibidor del castillo.

De pronto, una habitación llamó su atención. Dejó la maleta en el suelo y entró. Al ver una serie de retratos, Lexie se acercó a los que parecían más recientes. Pensó que serían de los abuelos de César y se fijó en que tenían un aspecto de personas severas. Se estremeció.

–¿Tienes frío?

Lexie se sobresaltó y se llevó la mano al corazón. Vio que César estaba apoyado en la puerta, mirándola. Iba vestido con pantalón oscuro y una camisa con el cuello abierto. Elegante pero casual. Muy atractivo.

–Me has asustado.

César entró con las manos en los bolsillos y, al verlo, Lexie se sintió más relajada. Lo había echado de menos. Por un día.

–¿Estos son tus abuelos? –le preguntó mirando los retratos.

Él se colocó a su lado y ella notó que su cuerpo reaccionaba al momento.

–Sí.

–¿Cómo eran?

–Fríos, crueles, pretenciosos. Estaban obsesionados con el legado familiar.

Ella lo miró y se fijó en que tenía una expresión de dolor.

—¿Qué te hicieron?

Él esbozó una sonrisa.

—¿Qué no me hicieron? El hobby favorito de mi abuela era ponerme a recortar artículos de periódico en los que salían mi madre y mis hermanastros, diciéndome que no querían saber nada de mí.

Lexie lo miró asombrada. No le extrañaba que se pusiera tan tenso cuando hablaba de su familia. Sin embargo, había ido a la boda... César la miró y ella se percató de lo que transmitía su mirada. «No quiero hablar del tema». Ella se sorprendió al ver que la rabia la invadía por dentro al pensar en la crueldad que había tenido que soportar.

—¿Qué le pasó a tu padre? ¿Es cierto que era torero?

—Él se rebeló. Quería marcharse y olvidarse de la herencia. Así que hizo todo lo posible para asegurarse de que su familia lo repudiara. Se convirtió en torero. Era lo peor que podía hacerles a sus padres. Y lo desheredaron.

—¿Tu madre...?

César continuó mirando los retratos.

—Mi madre era de un pequeño pueblo del sur, donde mi padre se fue a formar como torero. Era una mujer pobre. Se enamoraron, se casaron y me tuvieron.

—¿Ella sabía quién era él? ¿De dónde procedía?

César miró a Lexie y ella estuvo a punto de dar un paso atrás al ver su expresión de cinismo.

—Por supuesto que sí. Por eso se empeñó en cautivarlo. Si él no hubiera muerto, lo más probable es que ella lo hubiera convencido de regresar a casa, sobre todo después de tenerme a mí.

—No puedes estar seguro de eso...

—Por supuesto que sí —dijo él, con frialdad—. Nada más morir mi padre me trajo aquí, pero mis abuelos no quisieron saber nada de ella. Solo de mí. Se dieron cuenta de que su legado estaría a salvo con un heredero. En cuanto ella se percató de que no podría ganar nada, se marchó.

Lexie sintió un nudo en el estómago al oír sus palabras. Su madre no podía haber sido tan cruel.

—¿Y luego regresó? Dijiste que regresó años más tarde.

—Sí. Quizá pensó que podría sacar algo entonces, pero era demasiado tarde.

—¿Cuántos años tenías?

—Casi siete.

—Eras muy pequeño. ¿Por qué no te fuiste con ella?

Se dio cuenta de que César no iba a contestar, pero sabía la respuesta. Lo había abandonado en el castillo cuando era muy pequeño, pero lo bastante mayor como para recordar que su madre se había marchado. Lexie no podía imaginarse lo mucho que había sufrido durante esos años. Tanto como para decidir dejarla marchar otra vez.

César dio un paso atrás y dijo:

—Tenemos que irnos. El avión está preparado.

Lexie no se sorprendió al ver que en el aeropuerto los esperaba un avión privado. Sabía con quién estaba tratando.

Aunque aquel hombre acababa de demostrarle que era una persona triste y oscura y ella no podía evitar sentir una sensación de dolor en el pecho. Era consciente de que él rechazaría cualquier muestra de compasión.

Al bajarse del vehículo, un ayudante llevó las maletas hasta el avión. El piloto estaba esperándolos para saludarlos y acompañarlos al lujoso interior. Sin embargo, Lexie estaba demasiado afectada por lo que César le había contado como para disfrutar de aquella novedosa experiencia.

Una azafata la acompañó hasta su asiento y César se sentó en el de enfrente. En cuanto se pusieron el cinturón de seguridad, el avión comenzó a moverse.

–¿Y cuál es el evento de esta tarde? –preguntó ella, tratando de dejar de pensar en lo que César le había contado.

–Hay una cena y un espectáculo de música española en la residencia del embajador italiano.

–¿De veras? En mi vida he conocido a un embajador. No sé qué voy a decir.

Él se inclinó hacia delante, le agarró una mano y se la besó.

–No tienes que preocuparte de decir nada. No van a pasarte un test de inteligencia antes de la cena para ver si cumples con los requisitos.

–Pero hablarán de política y de economía...

–Y si lo hacen estoy seguro de que sabrás tanto como ellos. Son personas normales, Lexie, no grandes intelectuales.

–Tú eres... –se distrajo al sentir que él le acariciaba la muñeca con el pulgar.

–¿De dónde diablos te has sacado eso?

Lexie se encogió de hombros.

–Eres uno de los hombres más exitosos del mundo. Asistes a foros de economía. Tienes montones de libros en tu estudio y en tu apartamento...

–Todos los libros que hay en mi estudio pertenecen a mi familia. El único motivo por el que no me he deshecho de ellos es porque parecen buenos. A mí lo que me gusta leer es novela negra, nada mucho más culto que eso, te lo aseguro. Y en cuanto al colegio... nunca fui un estudiante brillante. Tuve que esforzarme para aprobar. Cuando mis abuelos se dieron cuenta, contrataron al empollón de la zona para que me ayudara. Se llamaba Juan Cortez y ahora es el alcalde de Villaporto.

–¿Y todavía sois amigos?

César sonrió y Lexie tuvo que contenerse para no agarrarle la mano con más fuerza.

–Sí, pero solo porque a los diez años estuvimos a punto de matarnos en una pelea.

–¿Qué sucedió?

–No me gustaba que alguien fuera más listo que yo. Soy un fiasco, Lexie. Voy a esos foros y a esas reuniones porque he heredado una gran fortuna. Durante mucho tiempo pensé que quería hacer lo mismo que había hecho mi padre, rechazarla. Entonces me di cuenta de que si la herencia se repartía sería como tirar piedras a mi propio tejado. Me gustaba ser empresario y se me daba bien, así que cuando mis abuelos murieron pude emplear el legado familiar para una buena causa.

–¿Cuántos años tenías cuando murieron?

–Quince cuando murió mi abuelo y dieciocho cuando murió mi abuela.

Lexie le apretó la mano, pero no dijo nada. Se percató de que cuando hablaba de sus abuelos no había dolor en su mirada. Al pensar en cómo tuvo que asumir toda esa responsabilidad con tan pocos años, se le encogió el corazón. Ella también sabía lo que era criarse sin amor.

La falta de afecto que sufrió en su familia empezó después de un suceso devastador y nunca pudieron repararla.

Cuando apareció la azafata para ofrecerles un refresco, César le soltó la mano. Al poco rato, estaban descendiendo para aterrizar en Madrid.

Al salir del avión los estaba esperando un coche.

–Iremos al apartamento y después te llevaré a hacer un tour –le dijo César, una vez se acomodaron en el asiento de atrás.

–De acuerdo –contestó Lexie.

Cuando César estiró la mano para que se acercara a él, ella no lo dudó y se colocó a su lado. César la abrazó y le acarició el lateral del pecho de forma provocativa, haciendo que ella se estremeciera.

El apartamento estaba en una amplia avenida llena de árboles. Lexie no se sorprendió al ver que la decoración era muy similar a la del apartamento del castillo.

Mientras avanzaban por un pasillo, ella le preguntó:

–¿Tú has diseñado este apartamento y el del castillo?

–Sí. Luc Sanchis, un amigo que es arquitecto, me ayudó. Él supervisó la reforma de la estructura y su equipo se encargó del interior.

–Guau –dijo Lexie. Incluso ella había oído hablar del arquitecto.

César se detuvo junto a una puerta.

–También pensamos en remodelar el interior del

castillo, pero nos está costando mucho sacar los permisos. Es un edificio protegido porque es antiguo, y la reforma ha de quedar muy bien integrada con lo que hay en la actualidad.

–Creo que sería estupendo. Es un edificio impresionante, pero...

–¿Que se ha quedado detenido en la Edad Media? Ella sonrió.

–Si tú lo dices. Yo no puedo ser tan desconsiderada.

César le acarició el labio inferior. Después apretó los dientes y retiró la mano, como si le costara un gran esfuerzo dejar de tocarla.

Abrió la puerta y la dejó pasar. Era un dormitorio enorme, con un baño y un vestidor.

–Este es tu dormitorio.

Ella se volvió con el corazón acelerado. César estaba dejando su maleta a los pies de la cama.

–No voy a decírtelo, Lexie. Ya sabes que te deseo, pero este es tu espacio.

–Gracias –repuso ella, conmovida por sus palabras.

Unas horas más tarde, César esperaba a Lexie junto a la ventana del recibidor. Las últimas horas habían sido una tortura para él.

Él le había preguntado cómo le apetecía ver la ciudad, y ella le había pedido que fueran en un autobús abierto que hacía el recorrido turístico. Y eso era lo que habían hecho.

César nunca había hecho uno de esos tours en su vida, pero los había visto en varias ciudades y siempre había envidiado a la gente que iba en ellos.

Lexie había disfrutado como una niña y César había acabado haciendo de guía y explicándole todo lo que sabía acerca de la ciudad. Durante el trayecto, varias personas se colocaron a su alrededor para escuchar sus explicaciones.

Al bajar, Lexie se rio al ver que unos turistas norteamericanos insistían en darle una propina. ¡A uno de los hombres más ricos del mundo!

Al ver a Lexie reírse, César experimentó un sentimiento extraño. De pronto, comprendió lo que era. Felicidad.

Durante unos momentos había sentido pura alegría. El pesimismo que siempre lo acompañaba se había disipado. Lexie le preguntó si podían regresar al apartamento caminando porque no estaba lejos. Por el camino se detuvieron a tomar café. César nunca había pasado un par de horas tan agradables con nadie.

Sin embargo, algo en su interior le decía que debía permanecer alerta y no confiar en aquel sentimiento efímero.

Oyó un sonido y se volvió. Al ver a Lexie se fijó en que llevaba un vestido negro que se ceñía a todas las curvas de su cuerpo y un fuerte deseo lo invadió por dentro. Llevaba los hombros al descubierto y el cabello recogido, mostrando su delicado cuello.

Parecía una diosa.

César temía perder el control y dejarse llevar por el deseo de encerrarse con Lexie en el apartamento hasta lograr seducirla, sin embargo, se acercó a ella. No se atrevía a tocarla por miedo a despertar a la fiera que habitaba en su interior.

—Mi coche nos está esperando fuera.

Lexie sonrió, pero César notó cierto nerviosismo en su mirada. ¿Se sentía insegura por el hecho de tener que ir a la cena? Una vez más experimentó un instinto de protección hacia ella.

La dejó pasar primero y se fijó en que el vestido que llevaba se ceñía a sus caderas. Cerró los ojos y se concentró para ser capaz de controlarse.

Por fin, Lexie empezaba a relajarse. Aunque sabía que tenía más que ver con la segunda copa de vino que se había tomado que con el hecho de que la cena no fuera tan intimidante como se había imaginado.

Notó una mano grande sobre el muslo y el deseo se apoderó de ella. Colocó su mano sobre la de César con la intención de retirársela, pero acabó entrelazando los dedos con los suyos. No quería que se moviera de allí. Era como si su cuerpo y su mente estuvieran en sitios distintos...

Sonrió al hombre que tenía a su lado y aprovechó un silencio en la conversación para volver la cabeza y mirar a César.

—¿Estás bien? —preguntó él.

Ella sonrió.

—Estaba contándole al secretario del embajador griego dónde ha de llevar a sus hijos cuando vayan a Los Ángeles.

César sonrió y se inclinó para besarla en la boca. Lexie deseó abrazarlo, y apretó la mano que César tenía sobre su muslo. Estaba preparada. Se le aceleró el corazón al pensar en ello, a pesar de que los temores del pasado provocaron que se sintiera inquieta.

–Después de la cena hay un espectáculo de baile. Si no te apetece, no tenemos que quedarnos.

–No, está bien. Me gustaría verlo.

Cuando terminó la cena se dirigieron al salón donde tendría lugar el espectáculo de flamenco. Se sentaron en la primera fila y, al cabo de un momento, se apagaron las luces y un guitarrista comenzó a tocar.

Lexie miró a César y, al ver que él la miraba fijamente, tuvo que hacer un gran esfuerzo para mirar a otro lado.

Un foco iluminó el escenario y una bella mujer de cabello oscuro se colocó en el centro. Llevaba un vestido largo de color rojo, zapatos a juego y una flor del mismo color en el cabello.

Cuando comenzó a mover las manos y a zapatear al ritmo de la guitarra, Lexie notó que se le erizaba el vello de la nuca.

Era fascinante. Había algo muy bello y elemental en aquella mujer y en el poderío de su cuerpo. A Lexie se le formó un nudo en la garganta. Era plenamente consciente del hombre que tenía a su lado y de su potente masculinidad. Era como si algo fluyera entre ellos al ritmo de la música, aunque sus brazos y sus muslos apenas se rozaban. Algo sexual.

César había destapado algo poderoso en ella, algo que por fin podía relacionar consigo misma después de mucho tiempo.

El ritmo de su propia sexualidad.

Lexie anhelaba mirar a César otra vez, pero temía que si lo hacía él pudiera descubrir lo mucho que lo deseaba.

De pronto, como si él pudiera sentir lo afectada que estaba, César le agarró la mano a Lexie con fuerza.

Al instante, Lexie comenzó a respirar de manera acelerada, notó que los pezones se le ponían turgentes y que todo su cuerpo estaba alerta. En ese momento, la música paró de golpe y la mujer se detuvo en seco con los brazos en alto. El público comenzó a aplaudir. Y Lexie continuó sin atreverse a mirar a César.

–¿Lexie?

Finalmente, ella volvió la cabeza hacia él y le preguntó:

–¿Te importa si nos vamos ya?

César negó con la cabeza, mirándola fijamente como si pudiera adivinar lo que estaba pensando.

–No... salgamos antes de que empiece la siguiente actuación.

De camino al exterior, Lexie respiró hondo y recuperó un poco el control. Todavía estaba temblando. Nunca había sentido que algo la impactara de esa manera.

Estaban en la puerta de la residencia del embajador y el chófer de César había abierto la puerta del coche para que ella subiera. César se montó por el otro lado. Una vez dentro, él estiró el brazo para que se acercara y ella lo complació.

Sus bocas se encontraron en un beso desesperado y, cuando llegaron al apartamento, ella estaba medio sentada en el regazo de César, abrazándolo por el cuello y con la respiración acelerada.

Él le retiró los brazos con cuidado y abrió la puerta para salir. Durante un instante, Lexie pensó que podía decirle al chófer que la llevara de regreso al castillo y aplacar así el clamor de su cuerpo.

No lo hizo. Ya se había demostrado que era lo bastante fuerte como para soportar lo peor que podía sucederle a una mujer. Sin duda, tenía la fortaleza necesaria como para continuar reclamando su cuerpo y su derecho al placer sensual.

Lexie permitió que César la ayudara a salir del coche. Él la agarró de la mano con fuerza, como si supiera que una parte de ella deseaba escapar. Saludó al conserje y la guio hasta el ascensor. Una vez dentro permanecieron en silencio, pero el ambiente estaba cargado de tensión sexual.

Cuando entraron en el apartamento, César se quitó la chaqueta y la tiró sobre una silla. Miró a Lexie y se quitó la pajarita. Ella agarraba su bolso con fuerza y le miraba la boca, deseando que la besara de nuevo.

Él se inclinó, le quitó el bolso de las manos y lo dejó junto a su chaqueta. Después, la sujetó por los brazos.

–¿Estás segura?

Lexie asintió y dijo:

–Nunca he estado tan segura de nada en mi vida. Hazme el amor, César.

Capítulo 7

CÉSAR no hizo nada durante unos instantes y Lexie sintió que el pánico se apoderaba de ella al pensar en la posibilidad de que la rechazara. Entonces, él la tomó en brazos y la llevó por el pasillo hasta una habitación que había frente al dormitorio de ella.

Antes de encender una lámpara e iluminar la habitación con un tono dorado, la dejó junto a una cama enorme.

«Me gusta que haya luz», pensó Lexie, asimilando lo que estaba a punto de hacer.

Él colocó las manos sobre sus hombros y la volvió para quitarle las horquillas del cabello. Después, le retiró la melena a un lado y la rodeó con un brazo por la cintura antes de besarle el hombro desnudo.

Le desabrochó la cremallera del vestido y comenzó a desnudarla despacio. El vestido se abrió y cayó sobre su vientre, y Lexie tuvo que cerrar los puños para contenerse y no impedir que siguiera cayendo.

Estaba desnuda de cintura para arriba, excepto por el sujetador de encaje que llevaba.

César le retiró el vestido de las caderas y lo dejó caer al suelo. Suspiró y le acarició el trasero por encima de la ropa interior.

Lexie sintió que le flaqueaban las piernas.

Cuando él la agarró de los hombros para darle la vuelta otra vez, ella bajó la mirada. Estaba excitada y asustada a la vez. Entonces, César la sujetó por la cintura y la atrajo hacia sí.

–Lexie... mírame.

Ella se mordió el labio inferior, lo miró y vio que le brillaban los ojos. Él posó la mirada sobre sus labios, y después más abajo. Ella notó que le ardía la piel.

Él levantó la mano y le acarició un pecho. Tenía los pezones turgentes contra la tela del sujetador de encaje. Le rozó un pezón con el pulgar y Lexie gimió. Deseaba más. Sentir su boca sobre la piel.

César se sentó en la cama y la abrazó. Ella se quitó los zapatos, apoyándose en sus hombros para equilibrarse.

Él la rodeó de nuevo por la cintura con un brazo, y al ver que tenía la boca a la altura de los senos de Lexie comenzó a acariciárselos con la lengua por encima del encaje del sujetador. Lamiéndole primero uno y después el otro.

Lexie clavó los dedos con fuerza sobre sus hombros. Era una tortura. El roce de sus pezones contra el encaje humedecido. Cuando él le desabrochó el sujetador, ella se contuvo para no gemir. César cubrió su pecho con la boca y le acarició el pezón con la lengua. Puro placer.

Lexie colocó las manos sobre la cabeza de César y comenzó a acariciarle el cabello. Cuando él intentó retirarse, ella lo soltó y lo miró antes de empezar a desabrocharle la camisa.

Al ver que uno de los botones se le resistía, César tiró de la camisa y lo arrancó. Con el torso desnudo era impresionante. Incapaz de permanecer de pie, Lexie tuvo que sentarse sobre uno de sus muslos.

César la sujetó con un brazo y, con la otra mano, le inclinó el rostro para besarla en los labios apasionadamente. Después, deslizó la mano hasta su pecho y le pellizcó el pezón con suavidad.

Lexie se retorció. Le ardía la entrepierna. César deslizó la mano sobre su cintura y ella separó las piernas. Sin dejar de besarla, él comenzó a explorar la delicada piel del interior de sus muslos. Al notar que empezaba a acariciarle el pubis por encima de la ropa interior, a Lexie se le entrecortó la respiración.

Dejó de besarlo y lo miró. Él tenía los ojos medio cerrados, llenos de deseo. Tenía la mano en el lugar adecuado, justo donde ella deseaba, y la movía rítmicamente.

En un mundo en el que todo se había reducido a lo físico, Lexie trató de aferrarse a la realidad y a la sensación de que podía confiar en César.

Colocó la mano en su muñeca para detenerlo y le dijo:

—No quiero que me hagas daño.

Él nunca conocería la historia que había detrás de esa súplica.

César frunció el ceño y retiró la mano. La acercó a su rostro y le acarició la barbilla.

—Nunca te haría daño. Iremos despacio, ¿de acuerdo?

Lexie asintió. Con un suave movimiento, César la levantó y la colocó sobre la cama. Ella lo observó mientras él se quitaba los pantalones y la ropa interior, liberando su miembro erecto.

Lexie esperó un sentimiento de rechazo, de repugnancia, de temor... sin embargo, no lo experimentó. Únicamente sintió una intensa excitación. Y euforia. Cuando César se inclinó y colocó las manos sobre el borde de su ropa interior, ella levantó las caderas para permitir que se la quitara.

Se tumbó junto a ella apoyándose en un brazo y la miró.

—Eres lo más bello que he visto nunca —le acarició el cuerpo de arriba abajo.

Lexie le acarició el mentón y, cuando él le agarró la mano y le chupó uno de los dedos, ella notó que se le formaba un nudo en el estómago. Después, él se sacó el dedo de la boca y, sin dejar de mirarla, le acarició el cuerpo hasta llegar a su entrepierna.

Con cuidado, le separó las piernas y comenzó a acariciar su sexo con uno de sus dedos, abriendo los pliegues de su piel para prepararla para aliviar su deseo.

Ella empezó a respirar de forma acelerada mientras él apretaba su entrepierna con la palma de la mano. Y, sin darse cuenta, comenzó a arquear las caderas y a moverlas en círculo, deseando más.

Él se inclinó y la besó en la boca, y, cuando introdujo un dedo en su interior, ella se contuvo para no gemir. Lo agarró de los brazos con fuerza y César se movió, de forma que ella pudo sentir su miembro erecto contra su cadera.

Era demasiado tímida como para acariciárselo, pero deseaba hacerlo.

César comenzó a mover el dedo dentro y fuera de su cuerpo y Lexie experimentó sensaciones que nunca había experimentado antes. Cada vez estaba más tensa y deseaba más.

Cuando César metió otro dedo e introdujo la lengua con fuerza en su boca, ella lo apretó con firmeza.

–Dios... eres tan sensible... No sé cómo voy a poder ir despacio... me estás matando.

Lexie pestañeó y susurró:

–No vayas despacio.

Él la miró. Tenía la respiración acelerada y estaba a punto de perder el control... ella lo sabía. En ese momento, Lexie se sintió invencible. Fuerte. Con control.

César desapareció un momento y Lexie oyó que abría y cerraba un cajón. Él regresó y ella lo observó mientras se ponía un preservativo.

Se colocó sobre ella con cuidado, pero ella lo abrazó para que se acercara más. Deseaba sentir su cuerpo desnudo sobre el suyo.

–No quiero hacerte daño.

–No me lo harás –dijo ella.

César se colocó entre sus piernas y se las separó con las caderas. Después, le retiró un mechón de pelo de la mejilla y la besó en la boca.

Entonces, ella notó su miembro erecto a la entrada de su cuerpo y respiró hondo, tratando de no permitir que la parte oscura de su pasado envenenara aquel momento. Intentando que su cuerpo se relajara, que confiara.

Al cabo de unos momentos, notó que César se movía y la penetraba despacio.

–Eres muy pequeña... estás tensa.

Ella movió las caderas y César emitió un quejido de aprobación. Él colocó la mano sobre el muslo de Lexie y le levantó la pierna para que le rodeara la cintura con ella.

El movimiento lo ayudó a adentrarse más en su cuerpo y Lexie gimió al sentir que estaba cada vez más excitada. Levantó la otra pierna y César se retiró un poco para penetrarla de nuevo con más fuerza. Colocó una mano entre sus cuerpos y acarició el centro de su feminidad, provocando que ella experimentara algo desconocido y arqueara la espalda pidiendo más.

César se movía cada vez más rápido y ella lo sujetaba contra su cuerpo apretando los talones contra su trasero.

Al cabo de unos instantes, ella comenzó a convulsionarse con tanta fuerza que le pidió a César que la liberara de aquella tortura.

Él inclinó la cabeza y la besó.

—Está bien, querida, te acompañaré.

Lexie escuchó sus palabras y notó que se desbloqueaba la tensión de su cuerpo, provocándole un placer tan intenso que resultaba casi doloroso. Tuvo que morderle el hombro a César para no gritar. Notó que él también tensaba el cuerpo con fuerza y oyó que gemía. Entonces, se derrumbó junto a ella en la cama.

César estaba aturdido. No conseguía recuperarse del orgasmo más intenso que había experimentado nunca.

A pesar de que separarse de ella le parecía lo más difícil del mundo, apretó los dientes y se retiró. Lexie hizo una mueca Tenía las mejillas sonrojadas y el cabello alborotado.

César se colocó a su lado y la abrazó. Normalmente, después de hacer el amor con una mujer, César sentía la necesidad de marcharse. Sin embargo, en esa ocasión era lo último que tenía en mente. Lexie tenía una pierna sobre su muslo y el centro de su cuerpo a la altura de su sexo, lo que no lo ayudaba a calmar su erección.

Él la miró. Sobre una mejilla tenía un mechón de pelo húmedo por el sudor. Levantó una mano y, percatándose de que temblaba ligeramente, le colocó el mechón detrás de la oreja.

A medida que fue recuperando la cordura, César comenzó a sentirse cada vez más vulnerable. Sin embargo, era incapaz de moverse, de apartar los brazos del cuerpo de aquella mujer.

Entonces, vio que le brillaban los ojos y que le temblaban los labios. De pronto, sintió un nudo en el estómago. Notó que se estremecía, como si estuviera experimentando una reacción retardada, y el pánico se apoderó de él.

–¿Te he hecho daño?

Ella negó con la cabeza y César vio que empezaba a temblar con más fuerza y que su rostro palidecía. Además, se le había enfriado el cuerpo.

La tomó en brazos y se levantó de la cama. Ella se acurrucó contra su pecho sin decir nada.

César se dirigió al baño, abrió el agua caliente de la ducha y se metió con ella bajo el chorro. Lexie se abrazó a él y comenzó a llorar desconsoladamente.

–Lexie... por Dios... dímelo... ¿te he hecho daño?

Ella negó con la cabeza otra vez y él se sintió algo aliviado. César apoyó la espalda contra la pared y permaneció allí, sin saber cuánto tiempo, mientras Lexie lloraba entre sus brazos.

Al cabo de un rato, ella se quedó muy quieta. Estaban rodeados de vapor.

—Puedes dejarme en el suelo. Estoy bien —susurró ella.

César la dejó en el suelo con cuidado y, al ver que no lo miraba, la sujetó por la barbilla para que lo hiciera. Nada más ver sus ojos enrojecidos y sus labios hinchados tuvo que esforzarse para controlar la reacción de su cuerpo. Otra vez...

—Lexie... ¿qué pasa?

Ella colocó las manos sobre su torso.

—No me has hecho daño... al contrario. Te lo prometo.

César frunció el ceño mientras el agua caía sobre sus cuerpos.

—Pero... ¿por qué?

Lexie inclinó la cabeza y apoyó la frente contra su torso.

—Yo... —lo miró de nuevo—, nunca había sentido algo así. Eso es todo.

César se quedó con la sensación de que había algo más, pero no le pidió explicaciones. Él no le había hecho daño. Y la sensación de alivio era sobrecogedora.

—Vamos —le dijo—. Salgamos de aquí.

Cerró el grifo y le dio la mano a Lexie para ayudarla a salir. Recorrió su cuerpo de arriba abajo, devorándola con la mirada. Ella también lo estaba mirando y César tuvo que contenerse para no acorralarla contra la pared y poseerla allí mismo.

Agarró una toalla y la envolvió en ella. Ella permaneció en silencio y dejó que la secara. Después, se secó él y la llevó de nuevo a la habitación.

Le quitó la toalla y la guio hasta la cama. Tenía el cabello mojado, pero no parecía importarle. Se notaba que quería dormir. Ella se subió a la cama y se tumbó. César la miró y se acostó a su lado. Aquello era una novedad para él. Compartir la cama con la mujer con la que acababa de hacer el amor, pero no era el momento de cuestionárselo.

Lexie se acurrucó entre sus brazos, le rodeó el cuerpo con las piernas y apoyó la cabeza en su torso. César notó que el corazón le latía de forma irregular, y no fue capaz de relajarse hasta que ella se quedó dormida.

Lexie se despertó y pestañeó al ver que la luz del amanecer entraba por las ventanas. Estaba completamente desorientada. Sentía el cuerpo diferente. Más pesado. Letárgico. Saciado.

Notó que algo se movía bajo su mejilla. El torso de César. Levantó la cabeza y vio que seguía dormido. Se fijó en su barba incipiente. De pronto, se percató de que tenía una marca en el hombro y se quedó boquiabierta. Era la marca de unos dientes pequeños. Lexie recordó el momento en el que había tenido que morderlo para evitar gritar de placer.

Inclinó la cabeza de nuevo, sonrojándose. Recordaba cada momento. Nunca se había imaginado que podría sentir algo así al recibirlo en su cuerpo.

Ella había llorado como un bebé.

Al pensar en cómo se había acurrucado contra su torso se avergonzó. Él le había preguntado si le había hecho daño. Y ella se sentía casi culpable, como si lo hubiera confundido al no contarle nada de sí misma. Como si se hubiese llevado algo que solo le correspondía a medias. Ese hombre nunca sabría el preciado regalo que le había hecho sin darse cuenta. Se sentía liberada del pasado.

Salió de la cama con cuidado de no despertar a César. Lo miró un instante, fijándose en el atractivo de su cuerpo. Su torso poderoso y más abajo... Se sonrojó al pensar en lo que había sentido cuando él se movió en su interior. Con delicadeza y poderío a la vez.

Nunca se habría imaginado que aquel hombre podría llegar a ser tan considerado.

De pronto, el pánico se apoderó de ella. No podía seguir pensando de esa manera. Debía bloquear sus sentimientos. Aquello era algo puramente físico. Y lo había hecho siendo plenamente consciente. No era una relación. Y cuando llegara el momento se marcharía con la cabeza bien alta.

Lexie recogió sus cosas y salió de la habitación. Una vez en su dormitorio se dio una ducha y se vistió con unos pantalones vaqueros y un jersey de cachemir. Se recogió el cabello en una coleta y salió a buscar la cocina.

Lexie había encontrado una emisora de radio que emitía música clásica y estaba preparando el desayuno sin darse cuenta de la presencia del hombre alto que la observaba desde la puerta.

Al darse la vuelta para buscar la sal y la pimienta, lo vio y se sobresaltó.

—Lo siento, no pretendía asustarte.

Lexie se sonrojó al sentir que se le aceleraba el corazón.

—No me... —se sonrojó un poco más—. Bueno, sí, pero no pasa nada.

César iba con el torso desnudo y llevaba unos pantalones vaqueros con el botón desabrochado. Lexie estuvo a punto de derretirse. Su cuerpo no estaba acostumbrado a esas sensaciones tan intensas.

Él entró en la cocina y se acercó a ella.

—Me he despertado solo en la cama.

—Yo... me desperté y tú seguías dormido —tartamudeó ella—. No quería molestarte.

—No lo has hecho —dijo él, con una mirada difícil de interpretar.

Se inclinó y la besó en la boca. Al momento, ella notó que su cuerpo reaccionaba y separó los labios para besarlo también. Cuando él se retiró, ella respiraba de forma acelerada.

Aquella situación le resultaba extraña.

Tratando de disimular su desconcierto, se volvió para terminar de preparar los huevos con beicon y dijo:

—Espero que no te importe... He encontrado algo de comida en la nevera. ¿Tienes hambre?

César se apoyó sobre la isla de la cocina y dijo:

—Estoy hambriento —la miró de arriba abajo, dejándole claro que lo que deseaba no era comida.

Ella se mordió el labio inferior y trató de ignorar la reacción de su cuerpo. ¿Era normal lo que le sucedía?

Terminó de preparar el desayuno y lo sirvió en la mesa del comedor, donde había varios periódicos.

—El conserje me los trae si estoy aquí —comentó César al ver que ella los miraba.

Lexie se fijó en uno de los periódicos y vio algo que llamó su atención. Lo sacó del montón y vio que los periodistas habían conseguido sacar una foto de ambos en el autobús turístico.

También había fotos en las que aparecían caminando de regreso al apartamento, agarrados de la mano.

—Nunca me imaginé que podrían enterarse de que íbamos a hacer algo así.

César bebió un sorbo de café y dijo:

—Llamé a mi asistente y le dije que los avisara de forma anónima.

Lexie lo miró y dejó el tenedor en el plato.

—Pero... —estaba a punto de preguntarle por qué, pero se contuvo. Por supuesto que los había avisado. Se suponía que querían llamar la atención de la prensa, por el bien de ambos. ¿Cómo iba a perder una oportunidad así?

—¿Pero...? —preguntó él.

Lexie odiaba admitirlo, pero se sintió traicionada. Y no debía sentirse así, porque eso significaba que César le importaba más de lo que ella podía controlar.

Forzó una sonrisa y negó con la cabeza.

—Nada. Por supuesto que tenías que avisarlos. Era una buena oportunidad para que nos vieran juntos.

César observó a Lexie mientras desayunaba y sintió que se le encogía el corazón. Parecía tan joven e inocente...

Cuando se despertó solo en la cama, su primera reacción fue enfadarse por que se hubiera marchado. Estaba a punto de ir a buscarla cuando recordó que se había puesto a llorar desconsoladamente, y se contuvo como un cobarde. No estaba seguro de si se encontraba preparado para enfrentarse a la mirada penetrante de aquellos ojos azules.

Sin embargo, en aquellos momentos la expresión de su mirada lo hizo sentirse como un canalla. El día anterior había llamado a su asistente después de haber observado cómo se había sentido al ver a Lexie con una amplia sonrisa y llena de ilusión. Había reaccionado así por haber hecho algo fuera de lo habitual. César nunca hacía rutas turísticas con sus amantes. Y tampoco hablaba con la gente. Sin embargo, lo había hecho y lo había disfrutado.

Era un hombre taciturno y oscuro, y la mayor parte de la gente salía huyendo al verlo. Sin embargo, cuando estaba con Lexie se sentía de otra manera.

Y eso lo aterrorizaba. Por eso había llamado a Mercedes y, después de pedirle que avisara a la prensa, empezó a pensar que no había perdido la cabeza del todo.

Y resultaba que al día siguiente se sentía culpable.

Lexie bebió un sorbo de café, evitando su mirada. César estiró el brazo y le agarró la mano. Notó que estaba tensa y su sentimiento de culpabilidad se intensificó.

Ella lo miró un instante y César dijo:

—Que nos convirtiéramos en amantes era inevitable. Entretener a la prensa es conveniente para los dos.

Lexie pestañeó.

—Por supuesto. Lo sé. No te preocupes, César, no soy una adolescente enamoradiza que fantasea con la felicidad eterna. Sé que eso no existe. Créeme.

La dureza de su tono de voz provocó que César sintiera una presión en el pecho.

Ella se puso en pie para recoger los platos y él la sujetó por la muñeca.

–Déjalo. Mi ama de llaves lo recogerá más tarde, cuando nos vayamos.

Tiró de ella hasta que dejó los platos y se sentó en su regazo, resistiéndose.

–¿Qué haces?

Al sentir el cuerpo de Lexie contra el suyo, solo pudo pensar en lo mucho que la deseaba. Sin embargo, Lexie estaba muy tensa entre sus brazos y él empezaba a sentirse desesperado.

Tenía la mano en su cintura y rozaba la suave piel que quedaba al descubierto bajo su jersey. Él metió la mano bajo la lana y le acarició la espalda. Al momento sintió el efecto de sus caricias y notó que ella se relajaba.

–Lexie...

Ella volvió la cabeza para mirarlo y César se percató del dolor que había en su mirada. Sin embargo, no deseó escapar.

Llevó la mano hasta la curva del pecho de Lexie y descubrió que no llevaba sujetador. De pronto, surgió un ardiente deseo entre ambos. Sus bocas se encontraron y se besaron apasionadamente. Lexie gimió y César le cubrió el seno con la mano.

Sin convicción, trató de acallar la vocecita que le decía que, si pensaba que tenía la situación bajo control, tal y como pretendía hacerle creer a Lexie, estaba engañándose a sí mismo.

Capítulo 8

HAY que repetir, chicos.

Lexie apretó los dientes. Era la decimotercera toma y si volvía a equivocarse en sus frases más de uno de los miembros del equipo querría asesinarla. Incluida ella. El director gritó «Acción» y, por fin, Lexie consiguió terminar sus frases sin percances.

En el plató todos suspiraron de alivio. Todos estaban cansados. Se hallaban al final de la tercera semana y la idea de pasar allí una semana más y luego otras dos en Londres se le hacía interminable.

Mientras daban por finalizada esa escena y empezaban a prepararse para la siguiente, Lexie se dirigió a la base para cambiarse de vestuario y aprovechó ese tiempo para tratar de organizar sus pensamientos.

Después de que el domingo regresaran de Madrid, Lexie había evitado a César todo lo posible. Él solía pasar mucho tiempo en el plató, y por eso ella sufría un estado continuo de confusión. Sin embargo, ese día no había aparecido y había sido casi peor.

Lexie estaba horrorizada con la idea de haberse enamorado del primer hombre que la había besado de verdad. Por eso había tratado de evitar a César durante toda la semana. Se sentía como si no fuera capaz de controlar su deseo.

Se sentía inquieta, excitada. Igual que las adolescentes enamoradizas a las que se había referido días atrás.

Ese fin de semana él solo había tenido que sentarla en su regazo y besarla para que ella permitiera que la llevara de nuevo a la cama y le hiciera el amor otra vez, mostrándole hasta dónde podía llegar la excitación de su cuerpo con una simple caricia sobre el centro de su feminidad.

Él no tenía ni idea de con quién estaba tratando. Ni de los oscuros secretos que ella guardaba, pero cada vez que César la tocaba se sentía más expuesta y temía que tarde o temprano no pudiera evitarlo y desnudara su alma ante él.

Así que había decidido evitarlo. Como una cobarde. Aunque en lo único que podía pensar era en él.

Su estado emocional estaba afectando a su trabajo. Además, la siguiente semana tenía que rodar una escena que le generaba inquietud, pero era incapaz de comentarlo con nadie.

Después de que la ayudante de vestuario se marchara, Lexie esperó a que los llamaran de nuevo al plató paseando de un lado a otro, repitiendo sus frases y tratando de concentrarse en su trabajo.

Cuando llamaron a la puerta de su camerino, ella dijo:

—Salgo enseguida —pensando que la llamaban para que fuera al plató.

Entonces se abrió la puerta y Lexie se volvió y vio a César en la entrada. Él cerró la puerta y, de repente, el espacio se hizo mucho más pequeño.

—No deberías estar aquí —dijo ella—. Van a llamarme enseguida.

César se cruzó de brazos.

–Parece que aquí es el único lugar donde puedo verte sin que me evites o te escondas en tu habitación.

Lexie se sonrojó. Todo su cuerpo había reaccionado al verlo. Deseaba poseerlo allí mismo, como en las historias que se contaban acerca de los actores y actrices que mantenían una aventura durante los rodajes.

César dio un paso adelante y Lexie no pudo escapar. Él la rodeó con un brazo por la cintura y la atrajo hacia sí. De pronto, algo se calmó en su interior y se sintió más centrada.

–¿Por qué me has evitado durante toda la semana?

–Tenía que concentrarme en mi trabajo –dijo Lexie.

–Bueno, pues debes saber que yo no puedo concentrarme en nada y que tú eres la única culpable.

–¿De veras? –al oír sus palabras sintió un inmenso placer.

–No me gustan los juegos, Lexie.

Ella palideció.

–¿Crees que estoy jugando?

Él la miró fijamente.

– César... no estoy jugando... Te he evitado porque el fin de semana pasado fue... Hacía mucho tiempo que no me pasaba algo así.

«Nunca te había pasado algo así», le dijo una vocecita interior.

–No estoy acostumbrada... No suelo tener relaciones.

Agachó la cabeza y César colocó un dedo bajo su barbilla para que la levantara.

Posó la mirada sobre su escote y dijo:

–Dios... ¿sabes lo que me pasa cuando te veo con esos vestidos? –la miró a los ojos y la abrazó con más fuerza–. Ven a mi apartamento esta noche.

Lexie no fue capaz de resistirse. Estaba deseando decirle que sí. Permitir que él tomara el control para no tener que pensar.

–De acuerdo –sonrió.

César estaba a punto de besarla cuando llamaron a la puerta.

–Lexie, te están esperando.

César se detuvo y Lexie contestó:

–De acuerdo. Gracias.

Él sonrió.

–Prepararé la cena. Ven cuando termines. Y trae tus cosas para el fin de semana.

–Mi habitación está en el castillo. Si necesito algo podré ir a...

–Haz lo que te digo –la interrumpió César.

–De acuerdo –repuso Lexie con ironía al oír su tono autoritario.

César la dejó salir primero para que el asistente la acompañara hasta el plató.

Al día siguiente, Lexie preguntó:

–¿Por qué no puedes decirme dónde vamos?

César se detuvo y le agarró las manos. Ella suspiró al ver lo atractivo que estaba vestido de negro.

–Haz lo que te digo.

Lexie vio que un empleado llevaba su equipaje hasta el helicóptero que los esperaba. Había aterrizado en la parte trasera del castillo.

César la había despertado temprano y ella se había desperezado antes de darse cuenta de dónde estaban. En la cama de César. En su apartamento privado. La noche anterior él le había hecho el amor y ella había tenido que contenerse para no ponerse a llorar otra vez.

No podía evitarlo. Cada vez que ese hombre la besaba o la acariciaba, reparaba una parte de su alma.

Antes de que ella pudiera decir nada más, César la agarró de la mano y la guio hasta el helicóptero. Una vez dentro, Lexie se puso los auriculares y se abrochó el cinturón, tal y como César le había indicado.

–No te preocupes –le dijo él–. Te prometo que te gustará –la besó en la boca y se acomodó en su asiento.

Lexie frunció el ceño y no dijo nada. El helicóptero despegó y ella se volvió hacia la ventanilla para ver cómo se alejaban del castillo.

César le había pedido al piloto que sobrevolara la finca y aprovechó para mostrarle a Lexie la extensión de sus terrenos.

Después, dieron la vuelta y se dirigieron hacia donde había salido el sol.

Al cabo de un rato, César señaló para que mirara por la ventanilla y ella vio una mancha de color azul. «¿El mar?», pensó.

Miró a César y él sonrió. Observó que estaban sobrevolando una ciudad y, de pronto, vislumbró un majestuoso castillo sobre una colina.

No parecía una ciudad moderna, había edificios semiderruidos cubiertos de azulejos de colores.

–¿Lisboa? –preguntó ella, volviéndose hacia César.

Él asintió. Por eso le había pedido que se llevara la documentación. Lexie se sintió enormemente agradecida. Recordaba que un día le había dicho que deseaba visitar Madrid, Salamanca y Lisboa.

Y él la había llevado a todos esos lugares.

El helicóptero aterrizó sobre la azotea de un edificio y César la ayudó a bajar. Lexie se percató de que era un hotel cuando los empleados salieron a saludarlos y los acompañaron hasta el interior. Allí los esperaba un agente de aduanas para revisar su documentación. Cuando terminaron, César la agarró de la mano y ella lo miró y le preguntó:

–¿Tú no tienes que esperar largas colas?

César sonrió.

–El apellido Da Silva no es de origen español. Se remonta a un antepasado portugués, así que tengo ciertos privilegios...

Un empleado los llevó hasta su habitación. Era la suite más elegante que Lexie había visto nunca. Lexie vio que tenía una terraza privada y salió. La vista era impresionante. El castillo se erguía en lo alto de una colina y las calles empinadas estaban llenas de tranvías. También se veía el río Tajo y un enorme puente.

Lexie notó una presencia a su espalda. César la rodeó con los brazos y apoyó las manos sobre las de ella en la barandilla. Lexie cerró los ojos un instante al sentir que su cuerpo reaccionaba y, cuando César presionó su cuerpo contra el de ella, ignoró la vocecita interior que le decía: «¡Peligro!».

Él le retiró el cabello para despejarle la nuca y la besó. Lexie se agarró con fuerza a la barandilla. Lo veía todo borroso.

Se volvió para mirarlo y percibió deseo en sus ojos. Al instante, un intenso calor se instaló en su entrepierna.

–Tenemos una agenda muy ocupada para hoy, Lexie Anderson.

–¿De veras?

César asintió y le acarició un mechón de pelo.

–Y ahora tengo en mente algo muy concreto.

–¿Sí?

–Sí.

Entonces, César la besó apasionadamente y Lexie se olvidó del resto del mundo.

–¿Te apetece tomar algo?

Lexie miró a César y asintió.

–Estaría bien, gracias.

Él se dirigió hacia el mueble bar y ella salió a la terraza por la puerta del salón. Oyó que sonaba un teléfono móvil y después la voz de César.

Aprovechó el momento a solas para intentar asimilar lo que le estaba sucediendo. Inhaló el aire fresco de la noche, confiando en que se le enfriaran las mejillas. Las notaba calientes desde que César le había hecho el amor esa mañana.

Después, cuando ya se sentía saciada, él no le había permitido que se metiera de nuevo entre las sábanas. César la había duchado y la había ayudado a vestirse.

Habían salido del hotel y un coche los había llevado hasta el castillo. Después habían bajado de la colina en uno de los tranvías. El vagón iba tan lleno que César había tenido que estrecharla contra su cuerpo y, cuando llegaron a la parada, ella estaba completamente excitada.

Más tarde comieron en la terraza de un restaurante con vistas al río y luego pasearon de la mano. En un momento dado, ella lo miró y le preguntó:

–¿No hay paparazzi?

Él la miró un instante y sonrió.

–No. Aquí no.

Lexie se emocionó al pensar que eran una pareja anónima. Y que él no le había dado prioridad a su plan.

«¡Peligro!», le recordó una vocecita interior.

El coche apareció de nuevo, como por arte de magia, y los llevó a visitar el monasterio del siglo XVI donde estaba enterrado Vasco da Gama. Después de la visita, César le mostró una tienda donde una enorme fila de gente esperaba pacientemente.

Se pusieron al final de la fila y Lexie miró a César con curiosidad.

–Espera y verás. Comprenderás por qué está aquí toda esta gente.

Cuando les tocó el turno y entraron a la tienda, César habló con el dependiente en portugués y, al momento, le entregó a Lexie un trozo de tarta.

–Pruébala –se habían sentado en unos taburetes que había en la tienda.

Lexie obedeció y probó la tarta. La crema que contenía se derritió en su boca.

–Es una de las mejores tartas que he probado en mi vida.

–¿Lo ves? –dijo él, y se pusieron a la cola otra vez.

Regresaron al hotel después de hacer un recorrido turístico y, en lugar de dirigirse a la habitación, César la llevó hasta el spa para que le hicieran un masaje de cuerpo entero y un tratamiento de belleza.

–Te veré dentro de un par de horas –se despidió de ella con un beso en los labios.

Más tarde, cuando ella regresó a la habitación, César la estaba esperando con champán y, después de que Lexie se pusiera el vestido de color rosa oscuro que había llevado para la ocasión, salieron a cenar.

Lexie se sentía abrumada al recordar todo aquello mientras contemplaba las vistas de una de las ciudades más antiguas de Europa.

No había olvidado que tenía un pasado oscuro y sabía que la siguiente semana tendría que enfrentarse a él. La idea la aterrorizaba, y sabía que se sentía más vulnerable por haber compartido por primera vez una relación íntima. Con César.

–Lo siento, he tenido que contestar la llamada.

Lexie se puso tensa al oír la voz de César. Él se acercó y le entregó una copa de oporto. Ella forzó una sonrisa e inclinó la copa hacia él.

–Muy apropiado, teniendo en cuenta que estamos en la zona donde se elabora el oporto –bebió un sorbo.

Su sentimiento de vulnerabilidad provocó que deseara evitar la mirada de César. Él la miraba fijamente y, después del día que habían pasado, ella se sentía como enfadada con él por haberla cautivado, por haberle robado el corazón.

Experimentó un intenso deseo de quebrar la impenetrable coraza que lo protegía y le preguntó:

–¿Y cómo es que no estás casado...?

Al momento, deseó tragarse sus palabras.

César la miró con los ojos entornados y ella trató de mitigar el efecto de sus palabras diciendo en tono de humor:

–Eres un buen partido. Tienes todos los dientes, no te huele el aliento. Y tienes propiedades...

Bebió otro sorbo de oporto y cuando levantó la mirada vio que él sonreía.

–Nunca me habían comentado lo de tener todos los dientes.

«No, seguro que no», pensó Lexie. Era probable que el resto de las mujeres lo viera como el signo andante del dólar. De pronto, la idea de que él pudiera considerarla una arpía le pareció odiosa.

–Gracias –le dijo–. En serio, ha sido un día maravilloso. No me lo esperaba.

Decidió que no tenía nada que perder y le preguntó:

–¿Alguna vez has estado a punto de casarte?

César se puso tenso y apretó la copa con fuerza.

–Me abandonaron cuando era muy pequeño, dejándome al cuidado de dos personas que no estaban demasiado interesadas en mí. Y todo porque consideraban que mi sangre no era pura. Esa experiencia no me ayudó a desarrollar el carácter cálido y afectuoso que se necesita para formar una familia.

–Tus hermanastros... Ellos parecían felices en las fotos de la boda.

–Ellos son distintos. Tuvieron una infancia diferente, con otra perspectiva.

–Se quedaron con tu madre. Me pregunto si eso hizo que fuera más fácil para ellos.

–Quizá sí, quizá no.

–¿Vas a volver a verlos?

Él la miró fijamente.

–No tengo nada en común con ellos. Y menos ahora.

Hace mucho tiempo decidí que nunca me casaría ni tendría hijos.

–¿Por qué?

–Porque el castillo no es un lugar para niños. El legado de mi familia está basado en la ambición obsesiva. Cuando yo muera el castillo pasará a manos de la ciudad, que hagan lo que quieran con él. Todo el dinero irá destinado a diversas organizaciones benéficas.

–Pero dijiste que querías reformar el castillo. ¿Para qué ibas a molestarte? ¿Por qué no lo abandonas ya?

–Porque lo llevo metido en la sangre como si fuera un veneno –dijo él, con tono triste.

Lexie permaneció en silencio. Deseaba hacer algo para consolar a César. Abrazarlo. Y aunque estaban a muy poca distancia, parecía que hubiera un gran abismo entre ellos.

–Lo siento –dijo al cabo de unos momentos–. No debería haber dicho nada.

Él esbozó una sonrisa y preguntó:

–¿Y tú, Lexie? ¿Deseas tener una casita y un montón de niños alrededor?

Durante unos segundos, Lexie no sintió nada. Después, un montón de imágenes invadieron su memoria. Y dolor. Mucho dolor.

Un bebé llorando. Enfermeras con miradas serias. Policías. Y después... nada. Silencio. Y más dolor.

–¿Lexie?

Ella pestañeó. César la miraba con los ojos entornados.

–Te has olvidado del perro.

–Ah, claro. En las imágenes idílicas siempre hay un perro.

César dejó las copas sobre una mesa y abrazó a Lexie. Ella sintió frío y se estremeció. Deseaba borrar las oscuras imágenes que momentos antes la habían invadido.

Se puso de puntillas y le rodeó a César el cuello con los brazos.

–Bésame, César.

Él sonrió. Sujetó el rostro de Lexie con las manos y la besó apasionadamente. Al instante, Lexie comprendió que ambos estaban huyendo de los demonios del pasado.

Mucho más tarde, César estaba tumbado a oscuras en la habitación. Ella estaba dormida, desnuda y acurrucada contra su cuerpo, manteniéndolo en una constante excitación. Tenía una de las manos apoyada en el centro de su pecho, donde antes había experimentado una fuerte presión.

«¿Y cómo es que no estás casado?», recordó que le había preguntado.

Otras mujeres le habían hecho la misma pregunta, pero todas con una mirada diferente de la de Lexie. Él nunca había contado nada acerca de su infancia y, sin embargo, había sido incapaz de ocultárselo a ella.

Le había contado todo. Y por primera vez en su vida había anhelado algo que siempre había pensado que estaba fuera de su alcance.

A la mañana siguiente, Lexie se despertó sola en la cama. Las imágenes de la noche anterior inundaron su cabeza y se sonrojó.

Había conseguido alejar a los demonios del pasado durante la noche, pero habían regresado nada más despertarse. La conversación que había mantenido con César resonaba en su cabeza. Y experimentó de nuevo la desolación que había sentido cuando César le contó que nunca permitiría que un niño se criara en el castillo.

Aquella conversación le había demostrado que, en el fondo, ella albergaba el sueño de tener una familia, de alcanzar la felicidad. En el pasado se había sentido traicionada por las personas que deberían haberla protegido y amado. Y se había prometido que no volvería a permitir que eso volviera a suceder.

Se lo había prometido, pero en el fondo no deseaba convertirse en una persona dura e insensible.

Por eso se había permitido creer que podía confiar en Jonathan Saunders, para demostrarse que podía volver a confiar. Que no volvería a ser traicionada. Sin embargo, él la traicionó y eso tenía que haberle servido para demostrarle que era cierto, que no podía confiar en los demás. Y debería haberla convertido en una persona más fuerte.

No fue así.

Lexie sabía que la sensación de tener el control respecto a lo que estaba sucediendo entre César da Silva y ella, no era más que una ilusión. Y que aquel hombre tenía la capacidad de demostrarle lo frágil que siempre había sido su coraza.

Capítulo 9

TE IMPORTA si regresamos al castillo esta mañana? Tengo que ocuparme de un imprevisto que ha surgido en los viñedos.

Lexie estaba en la habitación y acababa de vestirse.

–No –dijo ella–. No me importa. La semana que viene tengo que rodar unas escenas difíciles y me gustaría tener tiempo para prepararlas.

César se cruzó de brazos y se apoyó en la puerta.

–No hace falta que me lo digas con tanto entusiasmo –le dijo.

Ella se sonrojó.

–No es que quiera marcharme... has sido muy generoso.

César se acercó a ella.

–No tienes que darme las gracias.

–Sí, por educación.

–No quiero tu educación. Te quiero a ti.

Colocó una mano sobre su nuca y la besó. Lexie se agarró a sus brazos para no desplomarse.

Cuando se separaron, ella apenas podía respirar.

–Quizá pueda convencerlos de que no me necesitan –dijo César.

–No, debes regresar. Y yo debo prepararme para la semana que viene.

–Eso sí, te quedarás conmigo en mi apartamento.

Lexie se disponía a protestar, pero al ver que César la miraba fijamente, suspiró y dijo:

–Está bien.

Aquella noche, César regresó tarde a su apartamento del castillo. El asunto del viñedo se había complicado y, además, había tenido que asistir a una reunión sobre las reformas que pensaba hacer en el castillo.

Se sentía frustrado y enojado y no quería pensar en ello. Solo quería ver a Lexie. El apartamento estaba en silencio. Vacío. Por un instante pensó que ella había regresado a su habitación y se sintió peor.

De pronto, se fijó en que las zapatillas de Lexie estaban junto al sofá. César se acercó y al ver que estaba dormida, sintió una fuerte presión en el pecho. Ella tenía un brazo sobre la cabeza y el otro sobre sus pechos. La blusa se le había levantado un poco y se le veía parte de la tripa.

De repente, César notó que su enojo se disipaba.

Se fijó en que llevaba puestos los auriculares del mp3 y pensó en todo el esfuerzo que había tenido que hacer para superar la dislexia y los obstáculos con los que se había topado a lo largo de su vida.

–Oh, cielos, ¿qué hora es? –Lexie abrió los ojos, como si se hubiera percatado de que él la estaba observando.

César se sentó en el borde del sofá y la colocó entre sus brazos.

–Pasada tu hora de acostarte.

–¿Ah, sí? ¿Y qué vas a hacer al respecto?

–Voy a asegurarme de que te vas ahora mismo a la cama.

La tomó en brazos y ella se acurrucó contra su pecho y empezó a besarlo en el cuello, jugueteando con la lengua.

La tumbó en la cama y se inclinó sobre ella, quitándose la camisa con un solo movimiento. Ella estaba medio dormida, pero no necesitaba estar despierta para que su cuerpo reaccionara.

De pronto, el contenido de las escenas que había estado estudiándose invadió su cabeza y aplacó su deseo. Recordó que justo antes de despertarse había tenido pesadillas.

César se colocó sobre ella apoyándose en los brazos y ella se quedó paralizada. En ese momento se sintió herida. Sabía que el entusiasmo que sentía sobre la posibilidad de mantener una relación íntima con César la había ayudado a olvidar por unos instantes quién era en realidad. El alcance de los oscuros secretos que guardaba.

En esos momentos sentía que había un abismo entre ellos. Él no querría saber quién era ella en realidad. Aquello solo era una aventura. Pura diversión. De pronto, se sintió muy sola. Como si llevara el peso del mundo sobre los hombros.

César levantó la mano para tocarla y ella se encogió con brusquedad. Tenía que escapar antes de que él la sedujera tanto como para que le contara todas las cosas terribles que no tenían cabida allí.

–¿Lexie...?

Lexie escapó de entre los brazos de César y se puso en pie. Él la miraba como si fuera un bicho raro. Movida por el pánico, Lexie agarró su bolsa de viaje y comenzó a guardar sus cosas.

—¿Qué haces?

—Me voy a mi habitación.

Recogió la bolsa, pero César la agarró del brazo.

—¿Qué diablos te pasa? —preguntó con incredulidad.

Ella se liberó y dio un paso atrás.

—Ya te he dicho que no me gustan los juegos, Lexie —dijo él, cruzándose de brazos.

—No es un juego. Ahora no puedo hacer esto. Necesito tiempo.

César la miró unos instantes y dijo con frialdad.

—Lexie, tómate todo el tiempo que necesites.

Ella agarró la bolsa y se marchó. Cuando llegó a su habitación estaba destrozada. Durante una época de su vida había pensado que se había curado milagrosamente, pero no era cierto. Y lo que acababa de suceder se lo había demostrado.

«Necesito tiempo», César tenía tan mala cara que, al verlo, el ama de llaves se apartó de su camino. Las palabras de Lexie lo atormentaban desde hacía dos días. Y la expresión de pánico que había visto en su mirada. No comprendía qué le había sucedido.

El equipo de rodaje tenía previsto regresar a Londres a finales de la semana y a César no le gustaba nada la idea.

Durante los dos días anteriores había evitado pasar por el lugar donde estaban rodando, en un ala abandonada del castillo. Sin embargo, ese día se dirigía hacia allí sin haberlo pensado siquiera. El hecho de que necesitara ver a Lexie lo puso todavía de peor humor.

En los alrededores del rodaje había gente del equipo. Al verlo, lo saludaron y él contestó.

Al llegar al plató vio que la puerta estaba cerrada. Todo estaba en silencio y César le preguntó a uno de los ayudantes de dirección si estaban rodando.

El hombre negó con la cabeza y, al ver que César se disponía a entrar, lo detuvo:

—No puede entrar ahí, señor Da Silva.

—¿Por qué?

—Es un rodaje cerrado. Están grabando la escena de la violación. Solo puede entrar el equipo imprescindible.

«La escena de la violación».

César sintió que se le helaba la sangre. Miró a su alrededor y vio al asistente de grabación en una esquina controlando lo que las cámaras estaban grabando dentro de la habitación. Se acercó a él y se sentó. El chico le dio unos auriculares para que pudiera escuchar la escena.

Estaban a punto de grabar. El director estaba hablando con Lexie y con Rogan, el actor principal. Al verla, César sintió que se le entrecortaba la respiración. Tenía el cabello alborotado y llevaba una especie de camisola blanca abierta por delante, como si estuviera rasgada. Se le veía la curva de los senos.

Después, el director desapareció y solo se veía a Lexie y a Rogan en la pantalla. Se oyó que gritaban: «¡Acción!».

Rogan agarró a Lexie por los brazos y la zarandeó mientras pronunciaba palabras terribles. Ella estaba implorándole, pero él no la escuchaba. Entonces, él la giró bruscamente y la tiró sobre la cama. Le subió la ropa hasta la cintura, se desabrochó el pantalón, y la penetró gimiendo como un animal.

La cámara sacó un plano del rostro de Lexie presionado contra la cama. Rogan tenía la mano en la parte de atrás de su cabeza y la sujetaba con fuerza. Ella tenía los ojos en blanco.

César oyó que gritaban: «¡Corten!». Intentó moverse, pero estaba paralizado.

Sabía que aquello no era real, que solo estaban actuando. Vio que Rogan ayudaba a Lexie a levantarse. Ella estaba pálida y con los ojos vidriosos. César se estremeció. Sabía que grabar esa escena podía ser traumático, pero había algo más. Estaba seguro de ello.

Entonces oyó que el ayudante de cámara decía: «Escena número cien. Toma veinte».

César se quitó los auriculares y miró al chico que estaba a su lado.

–¿Han hecho esto diecinueve veces?

–Sí, señor. Hemos estado grabando esta escena todo el día, desde diferentes ángulos. Esta es la última toma, pero él está dispuesto a seguir rodando.

César notó que la rabia lo invadía por dentro. La cámara enfocaba el rostro de Lexie otra vez y él vio que una lágrima rodaba por su mejilla. En la última toma no había llorado.

De pronto, experimentó un fuerte deseo de ir a buscarla. Se puso en pie y se dirigió a la puerta del plató ignorando las protestas del asistente.

Abrió la puerta justo cuando el ayudante de cámara

estaba diciendo: «Escena número cien. Toma veintiuna».

—¡Basta! —la voz de César inundó el plató.

Lexie volvió la cabeza y miró a César. Él se fijó en el dolor que había en la mirada de sus ojos azules y percibió una súplica silenciosa. Al instante supo que Lexie ya no estaba actuando.

Se acercó a ella y la tomó entre sus brazos, sintiéndose cuerdo por primera vez desde hacía dos días.

—¿Qué diablos está haciendo, Da Silva? —preguntó el director, enfadado—. No puede entrar aquí de esa manera.

—Están en mi propiedad. Puedo hacer lo que quiera.

—Todavía no hemos terminado de grabar la escena.

—Si no ha sido capaz de terminarla todavía, quizá no debería dirigir una película.

Lexie agachó la cabeza y se acurrucó contra su pecho. Él recordó que había hecho algo parecido la primera vez que hicieron el amor. Cuando ella lloró como un bebé.

La llevó en brazos hasta su apartamento y se dirigió a la habitación. Sin dejar de abrazarla, se sentó en el borde de la cama. Estaba temblando a causa de la adrenalina y de la rabia que sentía.

Al cabo de un rato, ella se movió entre sus brazos.

—Tengo que darme una ducha —le dijo, sin mirarlo.

César se puso en pie y la dejó en el borde de la cama. Se acuclilló y ella lo miró, pero su mirada era inexpresiva. Como si no pudiera verlo.

Se alejó de ella para ir a abrir el grifo de la ducha. Cuando regresó, ella estaba de pie. Temblando.

–¿Necesitas ayuda? –le preguntó él.

Ella negó con la cabeza, entró en el baño y cerró la puerta. El sonido de la ducha se oyó durante mucho rato.

Cuando terminó, Lexie apareció cubierta con el albornoz de César. Le quedaba enorme. Tenía el pelo empapado y los mechones caían sobre sus hombros.

Él le tendió una copa de brandy.

–Toma... bebe un poco de esto.

Lexie hizo una mueca, pero bebió un poco antes de devolverle la copa.

–No deberías haber hecho eso.

Ella lo miraba alzando la barbilla y él contestó arqueando una ceja.

–¿Preferirías seguir allí haciendo la toma número treinta?

Ella palideció de golpe y César la sujetó por los brazos.

–No –la acompañó hasta un sofá–. Suponía que no.

Lexie parecía muy frágil y, aunque deseaba tocarla, César permaneció a su lado con los brazos cruzados. «Necesito tiempo», recordó sus palabras y maldijo en silencio.

–¿Vas a contarme qué es lo que pasa?

Ella hizo un esfuerzo y lo miró.

–¿Por qué lo has hecho?

César paseó de un lado a otro de la habitación.

–No lo sé, pero cuando te vi supe que algo iba mal –negó con la cabeza y se paró–. No estabas actuando, Lexie.

–No, no estaba actuando... al final no.

César agarró una silla y se sentó frente a ella. Lexie

lo miró y recordó lo bien que se había sentido cuando él la tomó entre sus brazos. Demasiado bien.

–Lexie... ¿qué pasa?

Ella respiró hondo y dijo:

–Me violaron cuando tenía catorce años.

César palideció.

–¿Qué has dicho?

–El marido de mi tía me violó. Una noche que mis padres y mi tía habían salido, él dijo que se quedaría a cuidarnos. Me llevó a la habitación de mis padres cuando los demás estaban durmiendo y me violó.

–¿Los demás?

–Mis cinco hermanos más pequeños.

–Dios mío, Lexie... ese animal... La otra noche me miraste como si yo fuera a hacerte daño. Estabas asustada...

Lexie se inclinó hacia delante y le acarició el brazo.

–No... no, César. No tenía miedo de ti. Sabía que tenía que rodar esta escena y estaba nerviosa. Es la primera vez que he tenido que hacer una escena así y era demasiado explícita.

César retiró el brazo y se puso en pie.

Ella cerró los puños sobre el regazo.

–Dios mío... –repitió él.

De pronto, un dolor extraño brotó en su interior. Él la miraba como si fuera una desconocida.

El sentimiento de culpabilidad que tanto le había costado superar apareció de nuevo y Lexie recordó las palabras que le había dicho el hombre que la violó. «Lo estabas pidiendo a gritos y lo sabes. Paseándote delante de mí con ese uniforme».

Se quedó helada y dijo:

–Lo siento. No debería habértelo contado.

Se levantó del sofá, odiándose por haber sido tan débil como para confiar en César.

–¿Dónde vas?

–A mi habitación.

Se volvió para marcharse, pero César la agarró de la mano.

–Maldita seas, Lexie, quédate aquí.

Las lágrimas afloraron a sus ojos. Se había quedado tan traumatizada que ni siquiera había llorado cuando la violaron y, sin embargo, aquel hombre conseguía hacerla llorar con una simple caricia.

–Maldito seas tú, César –retiró la mano y lo miró–. Deja que me vaya.

–No deberías quedarte sola.

–Ya hice mi terapia, César. Durante años. No tienes que cuidar de mí solo porque consideres que estoy dañada.

César estaba enfadado. La agarró de los brazos y dijo:

–No me atribuyas palabras que no he dicho. No pienso nada de eso. Y no estás dañada. Eres perfecta.

–Lo siento. Es solo... No debería habértelo contado.

–Me alegro de que lo hayas hecho. Es demasiado para asimilarlo.

La soltó y se pasó la mano por el pelo.

–Mira, estoy bien... de veras. Siempre sospeché que esa escena sería difícil, pero era uno de los motivos por los que acepté el trabajo. No podía dejar que el pasado me detuviera. Trabajé sobre lo que me sucedió hace mucho tiempo, César, pero algo así resultaría muy difícil incluso en las mejores circunstancias.

César negó con la cabeza. Se acercó a ella y le acarició la barbilla.

—No tendrías que haberte enfrentado sola a ello.

—Siempre he estado sola.

César la miró fijamente, provocando que una oleada de deseo invadiera su cuerpo. Lexie cubrió la mano de César con la suya y dijo:

—Por favor...

Una palabra. Lexie supo que él la había comprendido, y temía que se resistiera. No se imaginaba lo mucho que ella lo necesitaba en esos momentos.

—Lexie... ¿estás segura? La otra noche...

—Estoy segura. Lo de la otra noche no tenía que ver contigo, sino conmigo.

—No quiero hacerte daño.

—No me lo harás.

Él no se movió. Quizá no podía encajar la terrible realidad de lo que le había sucedido a ella. Lexie le soltó la mano y dio un paso atrás.

—Está bien... Si ya no me deseas por lo que...

—Por supuesto que te deseo —la agarró de la mano—. Solo tengo que mirarte para desearte —le sujetó el rostro—. Te llevo en la sangre. Te necesito.

Lexie notó que su cuerpo reaccionaba mientras él la besaba con delicadeza.

Cuando se separaron, él la agarró de la mano y la llevó hasta su dormitorio. Lexie no parecía asustada, pero César se detuvo junto a la cama y le dijo:

—Si quieres parar...

Lexie notó que algo se derretía en su interior, y negó con la cabeza mientras le desabrochaba la camisa.

–No voy a querer parar.

César metió las manos bajo las hombreras del albornoz y se lo quitó, dejándolo caer al suelo.

Lexie le acarició el torso y le pellizcó los pezones con suavidad para que se le pusieran turgentes. Después, se los cubrió con la boca y jugueteó sobre ellos con la lengua.

Llevó las manos hasta la cinturilla de sus pantalones vaqueros, se los desabrochó y se los bajó junto a la ropa interior. Al ver su miembro erecto, se le entrecortó la respiración.

Asombrada por su tamaño y su potencia, se lo acarició con la mano, consciente de que nunca lo usaría para hacerle daño.

César terminó de quitarse los pantalones y agarró a Lexie por los brazos.

Ella lo miró.

–Te deseo. Necesito probarte –la tumbó sobre la cama y se colocó a su lado.

La besó y Lexie le rodeó el cuerpo con los brazos y las piernas, como si quisiera estar unida a él para siempre.

César se separó de ella con cuidado y comenzó a besarla en el cuello. Bajó hasta sus pechos y le besó los pezones, succionándoselos, provocando que gimiera con fuerza y arqueara las caderas hacia él.

Después, la besó en el vientre y colocó una mano bajo su trasero para atraerla hacia sí, mientras con la otra mano le separaba las piernas.

– César...

–Confía en mí.

«Confía en mí», repitió Lexie en silencio. Había

confiado en él desde el primer día, cuando permitió que la besara.

César la besó en la parte interna del muslo y Lexie comenzó a respirar de forma agitada. Él la arqueó hacia su rostro y le acarició con la lengua el centro de su feminidad, separándole los pliegues de la piel, abriéndola ante él.

Lexie agarró la sábana con fuerza. César continuó acariciándola con la lengua, centrándose en darle placer. Ella cada vez estaba más tensa y su cuerpo pedía liberarse de tanta tensión.

Cuando llegó al clímax, fue tan intenso que Lexie pensó que iba a desmayarse. De pronto, sintió que César se deslizaba hacia el interior de su cuerpo y ella lo rodeó con las piernas para que la penetrara hasta el final.

Lexie no podía apartar la mirada de los ojos de César. Lo amaba. Y él había sido el primer hombre con el que se había permitido mantener una relación íntima. No creía que pudiera hacer lo mismo con otro hombre.

Al momento, una potente sensación la invadió por dentro y comenzó a moverse con fuerza hasta que se disipó. César la abrazó y rodó con ella sobre la cama para colocarla sobre su pecho. Sus corazones latían al unísono, y sus cuerpos resbalaban por el sudor.

Lexie se sentía cansada y vulnerable. Habían sucedido muchas cosas en los últimos días y, desde que se había marchado del apartamento de César, se había distanciado de sus compañeros de trabajo, temiendo el día que rodaran la escena de la violación.

César se movió e hizo una mueca al sentir que sus cuerpos se separaban.

—¿Estás bien? —le preguntó con preocupación.

Lexie asintió y lo miró. Él estaba apoyado sobre un codo y la miraba con sus brillantes ojos verdes. Lo amaba.

Sin embargo, ella sabía que él no sentía nada más que deseo por ella. Y quizá lástima.

Interrumpiendo sus pensamientos, César le preguntó:

—¿Qué le pasó a él?

—¿A mi tío? —preguntó ella, helada por dentro.

César asintió.

—Nada. Mis padres no quisieron escucharme cuando se lo conté. Eran muy religiosos... pilares de la comunidad. Mi padre era comerciante y viajaba mucho. La idea de que se formara un escándalo era demasiado para ellos.

—¿Quieres decir que no lo condenaron?

Ella se cubrió con la sábana y se apoyó en las almohadas.

—Un año después falleció en un accidente de coche, pero no, nunca fue juzgado.

—¿Cómo pudieron hacerte eso?

Lexie miró a otro lado.

—Eso no fue todo.

—¿Qué quieres decir?

—Como resultado de la violación me quedé embarazada.

—¿Embarazada? ¿Tuviste un bebé?

Lexie asintió.

—Un niño. Lo llamé Connor.

César negó con la cabeza. Era evidente que le costaba asimilar sus palabras.

—Pero no... ¿Dónde está?

—Acababa de cumplir quince años cuando nació él. Durante el embarazo mi familia me mandó con unos parientes lejanos, donde me mantuvieron más o menos prisionera durante nueve meses. A él lo adoptaron dos días después de nacer y está creciendo en los alrededores de Dublín. Es todo lo que sé. Y que Connor sigue siendo su segundo nombre.

Lexie observó que César se había quedado de piedra. Él retiró la sábana y salió de la cama. Un sentimiento de angustia se apoderó de ella. Se acabó. Había destapado su verdad. En cierto modo sabía que era demasiado para asimilarlo. Lo que tenían era una aventura, no una relación seria en la que podían compartir sus secretos.

Lexie sabía que acababa de ponerle fin.

Capítulo 10

CÉSAR se puso los vaqueros y miró a Lexie. No sabía qué decir. Se había quedado sin habla. Lo que le había pasado a Lexie era muy difícil de asimilar. Y había provocado que sus propios demonios afloraran.

Sentía una fuerte presión en el pecho. Lexie había dado a luz y había tenido que dar a su hijo en adopción. Sabía que no le había quedado más elección, pero al pensarlo se le encogía el corazón. Le costaba respirar.

—¿Por qué me has contado todo esto?

Lexie palideció.

—Te lo he contado porque sentí que podía hacerlo... Ya veo que no debería haberlo hecho —se levantó de la cama y se puso el albornoz.

—No sé qué esperas que diga —repuso él.

—No tienes que decir nada, César. No busco que me hagas terapia. La hice durante años. Te lo he contado porque nunca había estado con otro hombre.

César dio un paso atrás. Perplejo.

—¿Desde que...?

—Desde que me violaron. Has sido mi primer amante.

—¿Y por qué yo?

Ella se cruzó de brazos.

–Fuiste el primer hombre que he deseado.

Lexie rodeó la cama y se dirigió al baño, consciente de que César la miraba fijamente. El hecho de que él no dijera nada y no intentara tocarla, lo decía todo. Cerró la puerta y, con manos temblorosas, se quitó el albornoz y se puso la camisola que había usado para la escena de la violación.

Cuando salió, César estaba muy serio.

–No debería haberte dicho nada –forzó una sonrisa.

–Lexie...

–César, el viernes terminamos de rodar aquí. Lo nuestro no iba a llegar más lejos. Los periodistas ya han perdido interés en nosotros y hemos hecho lo que nos proponíamos al principio.

–Así es.

–Sí –insistió ella, y se forzó a mirarlo–. Yo quería salvar mi reputación y evitar que me sacaran en las revistas como una víctima. Tú querías evitar que ahondaran en tu familia. Era una aventura que nos beneficiaba a los dos.

De pronto, César se dio cuenta de que Lexie era completamente diferente de las otras amantes que él había tenido. Ella había cambiado su visión del mundo por completo.

–Así es.

En ese momento llamaron a la puerta del apartamento de César y él se dirigió a abrirla.

–Siento molestarlo, señor Da Silva, pero el director

está buscando a Lexie –le dijo uno de los miembros del equipo de rodaje.

Sin darse la vuelta, César supo que Lexie estaba detrás de él. Se sentía desorientado, mareado. Incluso entonces tuvo que enfrentarse al deseo de protegerla y contenerse para no decirle al chico que se marchara.

Lexie lo rodeó sin mirarlo y se dirigió al chico.

–Dile a Richard que iré en cuanto me cambie de ropa.

Cuando el chico se marchó, César miró a Lexie. Era evidente que ella evitaba mirarlo. Él deseó obligarla a que lo mirara, pero no estaba seguro de querer ver lo que escondía su mirada.

–Tengo que ir a hablar con Richard –lo miró, pero su expresión era indescifrable–. Durante los próximos días tenemos mucho trabajo. Creo que lo mejor sería que diéramos esto por finalizado.

César se sintió confuso. Aquello era una novedad: una mujer que quería marcharse de su lado antes de que él estuviera preparado para dejarla marchar.

Lexie tenía razón. Aquello solo había sido una corta aventura. No quedaba otra opción. Él no se dedicaba a perseguir mujeres por el mundo. El deseo que sentía por ella terminaría por disiparse. No podía desearla tanto como para no permitir que se marchara.

–Adiós, Lexie –le dijo, sujetándole la puerta para que saliera.

Lexie no dijo nada y salió de allí. Él se acercó al mueble bar, se sirvió una copa y se la bebió de un trago.

Su madre lo había abandonado a merced de sus abuelos. Lexie había abandonado a su propio hijo. Por unos momentos, la rabia lo invadió por dentro, pero sabía que era un sentimiento que tenía que ver con su madre y no con Lexie.

Ella había sufrido el trauma de una violación cuando tan solo tenía catorce años. ¿Qué otra elección había tenido? Ninguna.

César se presionó el puente de la nariz. No podía apartarse de la cabeza la imagen del rostro de Lexie, con sus grandes ojos azules. ¿Qué era lo que quería de él? ¿Esperaba que la hubiera abrazado para consolarla? ¿Que le prometiera que todo iba a salir bien?

Él no era un hombre bueno. Ni sensible. Ni amable. Era un hombre amargado y sentía resentimiento hacia Lexie por haber hecho que se diera cuenta de lo amargado que estaba. Por demostrarle que ni siquiera era capaz de consolarla.

El sentimiento de impotencia que lo invadía era tan fuerte que César estalló. Se volvió y lanzó la copa de cristal contra la encimera de acero. El líquido de color ámbar se derramó por todas partes, junto a miles de pedazos de cristal.

Lexie Anderson se marcharía al cabo de unos días, y César esperaba no volver a verla jamás a partir de ese momento. Ella había hecho lo peor: había conseguido que olvidara quién era él en realidad.

Lexie estaba sentada en el plató esperando a que todo estuviera preparado para grabar. La gente hablaba a su alrededor, pero ella se sentía distante. Esa mañana había oído despegar el helicóptero.

Sabía que César se había marchado del castillo y

había oído que alguien comentaba que había ido a una reunión importante a Norteamérica.

Ella se había pasado la noche en vela tratando de convencerse de que realmente no estaba tan enamorada de él, pero estaba destrozada.

Recordaba cómo había reaccionado cuando ella le había contado lo del bebé. Se había encerrado en sí mismo. Únicamente había hablado de ello con su terapeuta. Nadie más lo sabía y por eso le asustaba la idea de que los periodistas ahondaran en su pasado.

Su hijo iba a cumplir trece años y Lexie pensaba en él cada día. Se preguntaba cómo reaccionaría si algún día él decidiera ir a buscarla y la encontrara.

La noche anterior, ella había hablado con el director para intentar explicarle por qué había reaccionado de ese modo. Le había contado lo de la violación, consciente de que podía confiar en él.

Después de escuchar con atención, el director le había agarrado la mano.

—Deberías habérmelo dicho, Lexie. Si hubiese sabido que esa escena iba a resultarte tan difícil la habría enfocado de otra manera. Incluso nos la podríamos haber quitado de en medio la primera semana...

Él se había disculpado por haberle causado tanto desasosiego sin querer y ella sintió que se había quitado otro peso de encima. Sin embargo, sabía que si no se lo hubiera contado primero a César no se lo habría podido contar a nadie más.

La idea hizo que se sintiera más enfadada con él. Era evidente que a él no le había gustado que se lo contara. Sin duda, sus amantes no lo agobiaban con historias tristes, ni lloraban desconsoladamente después de hacer el amor. ·

Se alegraba de que se hubiera marchado, porque sabía que si lo volvía a ver su corazón se rompería en millones de pedazos.

Más de una semana más tarde, César regresó al castillo. Ni siquiera se notaba que habían rodado una película allí.

Durante la semana anterior había asistido a reuniones interminables sin prestarles mucha atención. Y todo por una mujer rubia de ojos azules. La deseaba tanto que sentía un dolor constante en la entrepierna. Y había provocado que a menudo pensara en cosas como la boda de Alexio y en lo felices que parecían sus hermanastros junto a sus esposas.

César se detuvo a la entrada del castillo y, a pesar de que seguía siendo el mismo lugar de siempre, no le resultó tan opresivo.

Todo estaba en silencio y, por primera vez, ese silencio le produjo un sentimiento de inquietud.

Sin pensarlo, se dirigió escaleras arriba hasta la ventana donde su abuela lo había encontrado esperando a que regresara su madre.

Una vez más, experimentó el mismo dolor que lo había invadido durante años, pero no el sentimiento de rabia. César sabía que por mucho que sus abuelos lo hubieran mantenido casi prisionero en el castillo cuando era un niño, de mayor había sido él quien se había infligido el mismo castigo. Y se aborrecía por ello.

Estaba harto de ser un hombre taciturno. Harto de sí mismo.

La imagen de Lexie apareció en su cabeza y él recordó la última vez que la había visto. Estaba pálida, pero parecía fuerte. Decidida a enfrentarse a la patética reacción que César había tenido después de que ella compartiera su sufrimiento con él.

Lexie no le había hecho olvidar quién era él en realidad, sino que le había demostrado quién era y quién podía ser. Si fuera lo suficientemente valiente.

La calle era estrecha y varios pedigüeños pedían dinero. Los niños corrían entre la gente. Lexie se apartó del camino de un carruaje de caballos en el último momento. Llevaba la falda manchada de barro. La gente la empujaba. Ella iba contracorriente. Y en lo único que podía pensar, a pesar de que las cámaras estaban grabando, era en él. En César.

–¡Corten!

Lexie se detuvo. Los extras regresaron a sus puestos y el equipo comenzó a hacer los preparativos necesarios.

El director se acercó a Lexie y ella sonrió.

–Lexie, ¿estás bien? No pareces muy centrada.

–Lo siento, Richard... Estoy bien. Es solo...

–¡Señor! ¡Señor! ¡No puede entrar en el plató sin permiso!

Richard frunció el ceño al ver lo que pasaba.

–¿Qué diablos está haciendo aquí? –preguntó incrédulo.

Lexie se volvió y vio que un hombre alto se acercaba a ellos. César. Vestido con pantalones vaqueros y una chaqueta de cuero. Su cabello rubio oscuro brillaba bajo el sol de la ciudad de Londres. Era demasiado atractivo para ser real.

Un guarda de seguridad lo agarró del brazo, pero él se liberó y continuó hacia ellos, deteniéndose a poca distancia. El guarda se acercó corriendo detrás de él.

—Miren...

Lexie levantó una mano.

—Está bien. Lo conocemos... Yo lo conozco... —miró a César un instante y le preguntó—. ¿Qué diablos estás haciendo aquí? Estamos en mitad de una escena.

—Ya lo veo —comentó él—. Nunca debería haber aceptado cuando me dijiste que debíamos terminar nuestra relación —dijo de golpe.

Lexie tragó saliva y miró a su alrededor.

—César, ¿de veras tenemos que hablar de esto aquí?

En ese momento, Richard dio un paso adelante.

—Escuche, señor Da Silva... Que una vez interrumpiera mi rodaje...

—¿Cuánto me costaría que abandonaran ahora mismo el rodaje que tenían previsto para hoy?

Lexie pestañeó. Richard farfulló:

—Tendría que preguntárselo al productor...

—Bueno, pues vaya a preguntárselo y yo les daré el doble de lo que él diga.

Se oyó un fuerte murmullo en el plató. César se acercó a Lexie y ella sintió que se le encogía el corazón. Amaba a ese hombre, pero él la había hecho sufrir y si lo único que quería era continuar esa aventura...

—César, si solo has venido porque no quieres que termine nuestra aventura, no me interesa.

–Entonces, ¿qué es lo que te interesa? –preguntó él, mirándola fijamente.

–Ya te lo he dicho, no estoy interesada en una aventura.

–Lo único que sé es que no estoy preparado para dejar de vernos, y creo que tú tampoco.

Ella dio un paso atrás.

–Yo sí lo estoy. Y deberías ir a decirle a Richard que estabas bromeando acerca de lo de abandonar el rodaje por hoy, antes de que se marche mucha gente. Ya has causado mucho trastorno en mi vida –Lexie se agarró la falda del vestido para poder caminar con más libertad.

–¿Que he causado mucho trastorno en tu vida? ¿Y qué pasa con el que tú has causado en la mía?

–¡Yo no he hecho más que calentarte la cama durante unas semanas! He sido una amante muy oportuna para ti. Te he servido para desviar la atención de la prensa de tus asuntos familiares, y estabas encantado de que fuera así.

–Al contrario, Lexie Anderson, has sido la amante más inoportuna que he tenido nunca.

–Entonces, ¿a qué estás esperando para marcharte?

Se disponía a marcharse cuando César la agarró del brazo. Ella se quejó en voz alta, pero él la ignoró.

Lexie no pudo evitar que una lágrima rodara por su mejilla.

–Déjame ir, César, por favor. No puedo hacer esto.

Él palideció.

–No quería hacerte llorar –la sujetó con fuerza–. El motivo por el que has sido una amante inoportuna es porque has hecho que me enfrentara a mí mismo y nadie lo había hecho antes. Ni lo hará. Me iba bien sin que nadie hiciera que me cuestionara el vacío que sentía en mi vida. Y de pronto, apareciste tú, como un espejismo, y algo se rompió en mi interior. Algo que necesitaba romperse.

César le acarició la barbilla.

—La verdad es que has conseguido que vuelva a sentirme vivo. No quiero que termine nuestra aventura, Lexie... nunca. Quiero que dure el resto de nuestras vidas.

—¿Qué has dicho?

—Te estoy diciendo que me he enamorado de ti. Y creo que fue así desde el primer momento en que te vi. Me gustaría pasar el resto de mi vida contigo. Lo quiero todo, la casita, los niños, incluso el perro. Todo —esbozó una sonrisa—. Cuando me preguntaste por qué no me había casado no pude soportar que pusieras la semilla de algo tan frágil en mi cabeza. La esperanza de algo futuro en la que ni siquiera me permitía pensar.

Lexie deseaba llorar y reír al mismo tiempo. Recordaba la manera en que él la había dejado marcharse de su lado.

—Me hiciste daño. Pensé que no te importaba.

—Lo siento... mi reacción fue patética. Me importabas tanto que no pude demostrarlo. No sabía qué decir, ni qué hacer. No podía comprender el horror de todo lo que te había sucedido. Quería ir a buscar a ese hombre y matarlo con mis propias manos.

Lexie palideció.

—Durante la última semana te he estado imaginando de adolescente, sola y asustada, sin que nadie te apoyara durante el embarazo y el parto —negó con la cabeza—. Eres la persona más valiente que conozco.

—Creía que lo que te había contado te parecía demasiado personal y que por eso no te gustaba. Y que no comprendías por qué tuve que hacer lo que hice. Pensé que había hecho que te acordaras de tu madre.

—Si acaso me has ayudado a comprenderla un poco mejor.

—Pensé que no te gustó que te contara todo eso porque considerabas que nuestra relación solo tenía que ver con el sexo —dijo ella con timidez.

—Al principio sí. Estaba enfadado porque me obligaste a reconocer que sentía por ti algo más profundo de lo que quería admitir.

Cuando Lexie percibió el amor en su mirada, todas sus dudas desaparecieron. Sin embargo, estaba asustada.

Él se acercó más a ella y le preguntó:

—¿Qué pasa?

—Tengo miedo —susurró ella—. Me da miedo porque mi propia familia me dio la espalda. Me traicionó de la peor manera. No podría sobrevivir a algo así otra vez.

—Te prometo que pasaré el resto de mi vida protegiéndote del sufrimiento. Te quiero, Lexie. Quien te traicione, me traicionará a mí... y pase lo que pase en el futuro, estaré a tu lado para que nos enfrentemos a ello juntos. Incluido Connor.

Lexie no pudo contener las lágrimas. Le rodeó el cuello con los brazos y se puso de puntillas.

—Te quiero, César.

Él la besó apasionadamente.

–Llévame a casa, por favor –le suplicó ella, cuando se separaron.

César sonrió y le secó las lágrimas de las mejillas.

–Espera, querida. Antes tengo que hacer una cosa.

De pronto, César puso una rodilla en el suelo, sacó una cajita negra y la abrió.

–Lexie Anderson... ¿quieres casarte conmigo?

Lexie comenzó a llorar de alegría.

–¡Sí! –exclamó entre lágrimas.

César le agarró la mano y le puso una alianza antigua de oro y diamantes. Después, tomó en sus brazos a Lexie y la besó durante largo rato.

Una semana más tarde, César tenía su jet privado preparado en un aeropuerto cercano. En cuanto Lexie terminó de grabar la última escena, emprendieron el regreso a España.

César oyó que había recibido un mensaje en el teléfono móvil y lo leyó.

Enhorabuena por tu compromiso. A Alexio y a mí nos gustaría verte, si estás preparado. Llámame cuando quieras. Rafaele.

Más tarde, César le mostró a Lexie el mensaje. Ya se encontraban en el avión y ella estaba sentada en su regazo.

Ella lo besó en la mejilla y le dijo con un brillo en la mirada:

–Estoy preparada, si tú lo estás.

Un inmenso sentimiento de alegría lo invadió por dentro. No le quedaba ni un resto de amargura o sufrimiento. César sonrió al dejar su teléfono, y le demostró a su prometida lo preparado que estaba.

Epílogo

Dieciocho meses más tarde

–No sé... Parecen tan inocentes... ¿verdad?

César sonrió al oír el tono de incredulidad de Alexio. Rafaele suspiró desde el otro lado. Los tres observaban a sus respectivas esposas, que estaban sentadas alrededor de una mesa de picnic, debajo de un árbol en la parte trasera del castillo, donde habían construido una piscina.

El castillo parecía el mismo por fuera, pero había sido completamente remodelado por dentro.

–Lo sé –dijo Rafaele–, y a pesar de tanta inocencia...

–Nos han conquistado –intervino César.

En ese momento, Samantha Falcone soltó una carcajada y todas se rieron.

–¿Por qué eso siempre me pone nervioso? –dijo Rafaele–. Como si estuvieran hablando...

–¿De nosotros? –preguntó Alexio.

–Porque probablemente sea cierto –declaró César.

En ese momento, el bebé de dos meses que sujetaba contra su pecho se movió y él lo miró. Lucita, su hija, se estaba colocando en una posición más cómoda.

Un instante después, una niña pequeña se acercó

caminando torpemente hasta ellos. César se emocionó al pensar en Lucita cuando tuviera esa edad. Y criándose en un castillo muy diferente de en el que él se había criado. Un castillo luminoso y lleno de amor.

Alexio se inclinó y esperó a su hija, Belle, con los brazos abiertos. La estrechó contra su pecho y la niña apoyó la cabecita sobre su hombro, chupándose el pulgar.

—¡Cómo han caído los poderosos! —comentó Rafaele, mientras observaba como su hijo, Milo, de casi cinco años, se zambullía en la piscina con el hijo de Juan Cortez. El nuevo amigo de Milo.

Belle se sacó el dedo de la boca y se incorporó para señalar a Milo, pero Alexio solo tenía ojos para Sidonie, su esposa. Ella había seguido a su hija y estaba rodeando a su esposo con un brazo por la cintura.

César sabía que estaban esperando a que pasaran tres meses para dar la noticia de que estaba embarazada de nuevo. Sin embargo, Sid ya se lo había dicho a Lexie, y Lexie se lo había dicho a César. Él estaba seguro de que Sam también lo sabía, lo que significaba que Rafaele estaba enterado. Era un secreto a voces, pero nadie lo admitiría hasta que ellos no dieran la noticia.

Belle se retorció entre los brazos de su padre para que la bajara.

—Ahora que ha visto a Milo no parará hasta que pueda jugar con él.

Alexio frunció el ceño mirando a Rafaele y este arqueó una ceja.

—¿Qué? No es culpa mía que adore a su primo. Es evidente que está desarrollando un buen gusto por los hombres.

Sidonie negó con la cabeza y agarró de la mano a Belle. Miró a su nueva sobrina con cariño y dijo:

–Lucita tiene que comer, y Sam quiere echarse la siesta, así que he dicho que yo cuidaría de los niños. Llevaré a Belle a la piscina.

–Yo también voy –dijo Alexio, y la miró con complicidad.

Samantha Falcone se acercó hacia ellos. Estaba embarazada de siete meses y la ropa que llevaba no lo disimulaba. Cuando llegó a su lado, Rafaele la abrazó y le preguntó:

–¿Vas a echarte una siesta?

Ella lo miró y asintió. Después, añadió con tono inocente:

–Anoche no dormiste muy bien, ¿verdad? Quizá también deberías echarte la siesta.

César se contuvo para no reírse y observó a Rafaele mientras acompañaba a su esposa dentro del castillo.

César miró a Lexie, que estaba mirándolo desde donde se hallaba sentada debajo del árbol. Ella sonrió y movió un dedo para que él se acercara.

Cuando César se sentó a su lado, Lucita estaba lloriqueando porque quería mamar.

César se desabrochó la mochila y sacó a la pequeña para dársela a su madre. La niña lo miró con sus grandes ojos azules y él sintió que se le encogía el corazón. ¿Era posible que cada vez que la miraba la quisiera más? Entonces, la pequeña sonrió.

–¡Mira! Me ha sonreído.

Lexie sonrió y tomó a la niña en brazos para colocarla sobre su pecho y ayudarla a encontrar su pezón.

—Siento desilusionarte, pero probablemente sea un eructo.

César no dijo nada. Sonrió y la rodeó con el brazo.

—Podría estar todo el día mirando cómo le das de mamar.

Lexie apoyó la cabeza en su hombro y sonrió.

—¿Estás contento?

—La palabra «contento» no sirve para describir cómo me siento.

Agarró la mano que Lexie tenía libre y se la besó.

—Justo antes de que Lucita naciera tenía miedo de no ser capaz de amar más de lo que te amo a ti, pero en cuanto nació me di cuenta de que el amor es infinito.

—Lo sé —susurró Lexie—. Yo también lo sentí.

El embarazo y el parto habían sido momentos muy especiales para ambos. Sobre todo para Lexie, teniendo en cuenta que le habían hecho recordar todo lo que había sufrido con su primer bebé. César la había acompañado durante todo el proceso, apoyándola mucho más de lo que ella había podido imaginarse. Gracias a su apoyo, Lexie también había contactado con la agencia de adopción para dejar los datos de dónde podían contactar con ella en caso de que su hijo quisiera encontrarla.

Su vida estaba impregnada de un sentimiento de paz y seguridad. De amor.

—¿Sabes?, para ser alguien que se crio sin amor, se te da muy bien amar —dijo ella, con lágrimas en los ojos.

César sonrió y dijo con tristeza:

—Ahora siento lástima por mis abuelos. Estaban tan amargados y cegados por la rabia...

Al oír que mencionaba a sus abuelos, a Lexie se le nublaron los ojos, pero antes de que aflorara la rabia César la besó apasionadamente.

Cuando se separaron, ella le dijo:

—¡Vaya manera de distraerme!

Lucita soltó el pecho de Lexie y ella se la colocó sobre el otro para seguir dándole la toma.

—¿Estás preparado para lo de mañana?

—¿Mañana? —preguntó él con ironía—. Cuéntame otra vez qué pasará mañana.

Lexie sonrió. Él sabía muy bien lo que iba a pasar.

—Mañana llega la tía de Sidonie y es la primera vez que sale de Francia, así que todos tenemos que estar muy pendientes de ella. Alexio irá a recogerla a París para que no se ponga nerviosa. El padre de Rafaele y Bridie, su nueva esposa, vienen desde Milán. Y Juan Cortez y María vendrán a buscar a Miguel... ya sabes que probablemente acaben pasando aquí la noche, porque sería de mala educación que no los invitáramos a la barbacoa...

—Y porque María se ha hecho muy amiga de vosotras.

Lexie sonrió, pero no pudo evitar sentir cierta inquietud por César. Era la primera gran reunión familiar que celebraban y sabía que para César era una novedad jugar a las familias felices, teniendo en cuenta que su experiencia había sido exactamente lo contrario.

Además, a César le había ayudado saber que Rafaele y Alexio habían sufrido también a causa de la infelicidad de su madre. Ellos tampoco estaban acostumbrados a las familias felices.

César besó a Lexie una vez más y dijo con una amplia sonrisa:

–¿Que si estoy preparado? Mientras estés a mi lado estaré preparado para cualquier cosa.

–Eso es fácil, porque no pienso irme a ningún sitio –contestó ella, con embeleso.